Klarant Verlag

Marc Freund wuchs in Osterholz auf, direkt an der Ostseesteilküste gelegen, die schon von Kindesbeinen an eine große Faszination auf ihn ausübte. Und so spielen viele seiner Geschichten am Meer, dem er sich sehr verbunden fühlt.
Regelmäßig zieht es den Krimiautor auch auf die andere Seite der Küste – an die Nordsee. Derzeit vor allem auf die bezaubernden Inseln Langeoog und Spiekeroog, wo seine Ostfrieslandkrimis spielen.
Seit 2010 ist Marc Freund für verschiedene Verlage tätig. Daneben wurde er auch als Hörspielautor bekannt. Weit über 270 Veröffentlichungen für die unterschiedlichsten Reihen und Serien gehen bisher auf sein Konto.

Kapitel 1

Nicht mehr lange, und ein neuer Tag würde heranbrechen. Noch hielt er sich hinter grauen Schlieren verborgen, die über dem Wattenmeer zusammengezogen waren.

Er stand am Fenster und blickte nach draußen, obwohl es dort um diese Zeit kaum etwas zu sehen gab. Die Dünen in der Ferne waren im Augenblick nichts weiter für ihn als dunkle Schatten, die sich gegen einen verwaschenen Himmel abzeichneten.

Regen prasselte gegen die Scheiben und erzeugte dabei hohle Geräusche. Hagel hatte sich daruntergemischt.

Takk, takk, takk.

Er stand so da seit zehn Minuten, vielleicht sogar seit einer Viertelstunde, er konnte es nicht genau bestimmen, da er dem Impuls widerstand, auf seine Uhr zu sehen.

Es war kalt. Das Haus war unbeheizt.

Er fröstelte, zog und nestelte in geistiger Abwesenheit an seiner Windjacke herum.

Mehr als einmal hatte er bereits geglaubt, ein Geräusch gehört zu haben. Jemanden, der sich diesem Haus über den Weg durch die Dünen näherte. Und jedes Mal war es doch nur der Wind gewesen, der etwas außerhalb des Hauses bewegt oder am Dach gerüttelt hatte. Irgendwo da oben schien eine Schindel lose zu sein.

Das Warten zerrte an seinen Nerven. Er war müde, hatte noch nichts gegessen, hatte in dieser Nacht kaum ein Auge zugetan. Er ärgerte sich darüber, sich überhaupt auf diese Sache, auf dieses Treffen, eingelassen zu haben. Er würde froh sein, wenn er es hinter sich hatte und diese Insel endlich wieder verlassen konnte. Diesem Langeoog und den anderen Inseln hatte er noch nie etwas abgewinnen können. Er mochte das Wasser nicht, ebenso wenig wie den Sand und den Wind. Und all dies gab es hier im Überfluss.

Er klopfte die Taschen seiner Jacke ab. Das Feuerzeug war an seinem Platz, aber die Packung Zigaretten fehlte. Er hatte sie irgendwo liegen lassen.

Wieder ein Geräusch. Ein kurzes Klappern.

Ihm war, als würde für eine oder zwei Sekunden ein kalter Windhauch durch das Haus wehen.

Er drehte sich um und blickte zur Zimmertür, die in den Flur führte. Seine Augen verengten sich leicht, als er versuchte, in das noch undurchdringliche Dunkel zu spähen.

Für einen Moment herrschte nahezu gespenstische Stille. Es war, als hätte selbst der Wind den Atem angehalten. Und während er draußen schließlich wieder Fahrt aufnahm, war im Flur das leise Knarren von Schritten zu hören.

Kurz darauf flammte das grelle Licht einer Taschenlampe auf und traf ihn mitten ins Gesicht.

Er blinzelte und riss aus einem Reflex heraus seinen rechten Arm in die Höhe.

Zwei Schüsse fielen. Die zweite Kugel traf ihn direkt ins Herz. Er kippte hintenüber und schlug hart auf dem Fußboden auf.

Ein neuer Tag würde heranbrechen – ohne ihn.

Kapitel 2

Als Gerret Kolbe auf die breite Glasfront zutrat, glitt die Tür automatisch und fast geräuschlos zur Seite.

Sonnenlicht fiel schräg durch die Scheiben herein, bis weit in den Innenraum der Seniorenresidenz.

Kolbe blieb kurz stehen, um sich zu orientieren. Sein Blick fiel auf eine kleine verglaste Loge mit der Aufschrift *Information*.

»Entschuldigung«, sagte er, während er auf die junge Frau mit dem Pferdeschwanz zutrat, die ihn hinter ihrer Glasscheibe bereits entdeckt und ein freundliches Lächeln aufgesetzt hatte. »Ich möchte zu Herrn Hansjörg Kolbe. Können Sie mir sagen, in welchem Zimmer er untergekommen ist?«

Die Angestellte nickte. Ohne irgendwo nachzusehen, antwortete sie: »Herr Kolbe bewohnt das Appartement mit der Nummer sieben. Wenn Sie da vorne den Hauptgang des Innenhofs entlanggehen und sich links halten, können Sie es nicht verfehlen.«

Er folgte mit seinem Blick der Bewegung ihrer Hand und nickte.

»Ich danke Ihnen.«

Sie lächelte. »Keine Ursache … Herr Kolbe.«

Der Inselkommissar wandte kurz den Kopf in ihre Richtung. Etwas funkelte in den Augen der jungen Angestellten. Sie grinste und senkte dann den Kopf, gerade so langsam, dass der Kommissar die leicht rötliche Färbung in ihrem Gesicht bemerkte. Die Frau begann, geschäftig in einem großen Terminkalender zu blättern und eine Eintragung vorzunehmen. Dabei tat sie so, als hätte sie bereits vollkommen vergessen, dass Kolbe noch anwesend war.

Ob sie seinen Namen und die Uhrzeit seines Besuchs notierte? Falls ja, wäre es die erste Eintragung dieser Art, zumindest, wenn es um Gerret Kolbes Besuche in diesem Haus ging.

Er wandte sich um und bewegte sich mit energischen Schritten in die vorgegebene Richtung.

Das Gebäude war mit einem Glasdach überspannt, unter dem helle Holzbalken verliefen.

Der Innenhof entpuppte sich als ein breiter, gepflasterter Bereich, in dem zahlreiche Kübel mit Grünpflanzen, meist Farne und Palmen, auf dem Boden oder auf kleinen Podesten standen, wo sie besonders gut zur Geltung kamen. In einer Ruhezone waren zwei Strandkörbe aufgestellt, abgerundet durch eine Handvoll kleiner Tische und eine unüberschaubare Anzahl von Stühlen.

Auf einem davon saß Hansjörg Kolbe bei einer Tasse Kaffee und einem Stapel Morgenzeitungen. Der Inselkommissar erkannte seinen Vater bereits aus der Ferne.

»Moin«, sagte der Jüngere und blieb im einfallenden Sonnenlicht stehen.

Der Ältere wandte den Kopf und sah seinen Sohn blinzelnd über den Rand seiner Zeitung hinweg an.

»Moin, Gerret«, sagte er und richtete seinen Blick wieder auf den Artikel.

Eine Pause entstand.

»Kann ich was für dich tun, oder ist mal wieder irgendwas Dramatisches passiert?« Der Rentner faltete das Blatt sorgfältig zusammen und platzierte es neben sich auf den Tisch. Er legte seine Hände in seinem Schoß zusammen und blickte seinen Sprössling erwartungsvoll an.

»Kann ich mich setzen?«, fragte Kolbe und deutete auf einen freien Platz.

»Sicher.«

Der Korbstuhl scharrte leicht über den Fußboden. Gerret Kolbe räusperte sich und schob seinem Gegenüber ein neues Taschenbuch über den Tisch.

»Hier. Für dich. Soll ganz gut sein, habe ich gehört.«

»Ist es«, antwortete Kolbe senior und hob kurz den Stapel Zeitungen an, unter dem er ein identisches Exemplar des Buchs begraben hatte.

»Ich bin im vorletzten Kapitel. Aber ich weiß jetzt schon, wer der Mörder ist. Und wie er es getan hat. Und vor allem, warum.«

»Das Kriminalistische scheint uns ja beiden im Blut zu liegen«, sagte Gerret. »Willst du, dass ich es umtausche? Ich fürchte allerdings, ich habe den Kassenbon schon weggeworfen.«

Der Alte winkte ab. »Lohnt sich nicht.«

»Wieso? Bist du ernsthaft krank?«

Hansjörg Kolbe beugte sich leicht nach vorne. »Es lohnt nicht, weil ich alle anderen Krimis aus dem Buchladen um die Ecke auch schon gelesen habe!«

»Dann solltest du es vielleicht mal mit einer anderen Lektüre probieren.«

»Tu ich doch. Hier!« Der Ältere deutete auf seine Zeitungen und fuhr mit seinem rechten Daumen daran entlang.

Er lehnte sich wieder zurück und blickte seinen Sohn an. »War es das jetzt mit dem Smalltalk? Ich nehme doch an, du hast noch einen triftigeren Grund, der dich hertreibt. Ansonsten hast du es ja bisher nach meinem Herzinfarkt nicht für nötig befunden, hier aufzukreuzen.«

»Vielleicht hatte ich ja meine Gründe.«

Kolbe senior kräuselte die Lippen, nickte dabei kurz. »Gründe«, sagte er nachdenklich. »Gründe haben wir alle. Oder etwa nicht? Dauernd schieben die Leute irgendwelche Gründe vor, um unangenehme Dinge aufzuschieben.«

»Du weißt genau, was passiert ist«, gab der Kommissar zurück. »Die Sache mit Harm Uthoff. Meinem Halbbruder.«

»Ach, daher weht der Wind. Du willst von mir wissen, wie viel ich darüber gewusst habe, richtig? Dann wird das hier also jetzt sowas wie ein Verhör?«

»Meinst du nicht, dass wir es schaffen, uns einfach mal ganz normal zu unterhalten, so wie andere auch? Oder, wenn dir das nicht gefällt, wie Vater und Sohn?«

»Schön«, sagte der Ältere. »Ich höre. Stell deine Fragen, ich werde sie nach bestem Wissen beantworten.«

»Ich muss nicht viele Fragen stellen. Genau genommen habe ich nur eine. Ich weiß nämlich bereits, dass du um Harm Uthoffs wahre Identität wusstest. Du und Doktor Sartorius, ihr habt es beide gewusst.«

»Ja«, antwortete Hansjörg. »Und jetzt deine Frage bitte. Willa kommt nämlich gleich zum Frühstück vorbei, und dann möchte ich dieses Thema abgeschlossen haben. Wäre schön, wenn du wenigstens das respektieren würdest.«

»Also gut«, sagte Kolbe. »Meine Frage lautet: Wer war die verschleierte Frau auf Harm Uthoffs Beisetzung?«

Ein Moment der Stille. Irgendwo in der Anlage klappte eine Tür zu. Jemand lachte. Ein heiseres Altherrenlachen. Dann Stimmen, die sich nach und nach plaudernd wegbewegten.

»Was für eine Frau?«, fragte Hansjörg. »Ich weiß nichts von einer verschleierten Frau am Grab.«

»Weil du nicht dort gewesen bist.«

»Ich hatte kurz zuvor einen verdammten Herzinfarkt!«

»Meine Kollegin Rieke Voss ist da gewesen«, fuhr der Polizist fort. »Sie hat sich kurz mit der Dame unterhalten. Leider hat sie versäumt, nach ihrem Namen zu fragen. Sie fragte nur, wer die Frau sei. Und sie antwortete: Seine Mutter.«

Der Kommissar befeuchtete seine Lippen. Er sah weiter seinen Vater an, versuchte, die Regungen in seinem Gesicht zu lesen. Es waren keine vorhanden.

»Verstehst du, Vater? Die Frau hat bei ihren Worten auf das frische Grab gedeutet. Und jetzt frage ich dich: Wie kann sie behaupten, Uthoffs und damit auch meine Mutter zu sein, wenn Anna Elena Kolbe vor vierzig Jahren hier auf Langeoog gestorben ist? Ermordet durch ihren halbstarken, erstgeborenen Sohn?«

Hansjörg Kolbe fasste sich an die Stirn und verzog das Gesicht, als ob ihn ein scharfer Schmerz durchzucken würde.

»Das ist vollkommen unmöglich«, sagte er nach einer Weile, mit Nachdruck, noch immer auf die Tischplatte starrend. »Und das solltest du ebenso wissen.«

»Gar nichts weiß ich«, platzte es aus dem Kommissar heraus. »Ich war ganze drei Jahre alt. In meinem Kopf ist nur Brei, wenn ich an damals denke. Nur verschwommene Bilder, die ich für die Realität gehalten habe.« Er beugte sich nach vorne, deutete auf seinen Vater. »Aber du bist dabei gewesen, Vater.

Du und Sartorius. Und von einem von euch werde ich die Wahrheit erfahren.«

Hansjörg Kolbes Hand schnellte vor, fasste den Unterarm seines Sohnes. »Hör zu, lass den Doktor aus dem Spiel. Ich bin verdammt nochmal froh, dass er mir damals geholfen hat. Es war nicht eben einfach für mich, weißt du? Und was deine seltsame Frau in Schwarz angeht … es gibt sie nicht. Schlag sie dir aus dem Kopf.«

»Sie ist dort gewesen«, beharrte der Kommissar. »Meine Kollegin hat nicht gelogen.«

»Dann ist diese seltsame Frau eben eine verwirrte Person«, konterte der Ältere. »Du scheinst vergessen zu haben, dass ich deine Mutter damals gefunden habe. Im Hausflur. In dieser furchtbaren Nacht, in der die Welt untergehen wollte.«

»Ich weiß«, antwortete Gerret. »Du hast sie auf einen Elektrokarren geladen und zu Sartorius gefahren. Ich war mit dabei. Du und der Doktor, ihr habt Mutter ins Haus getragen. Aber dann, Vater … was ist dann passiert?«

Hansjörg Kolbe drehte sich nach hinten um. Ein dünner Schweißfilm stand auf seiner Stirn. Als er sich wieder zu seinem Sohn umdrehte, schien er regelrecht außer Atem zu sein.

»Ich habe sie Sartorius überlassen. Ich … ich habe es einfach nicht ertragen können, verstehst du das nicht? Außerdem warst du draußen beim Wagen. Du bist ausgestiegen und zum Haus gelaufen. Zum Fenster. Du bist von der Bank gestürzt, die davor gestanden hat. Ich habe mich dafür entschieden, mich um die Lebenden zu kümmern, Gerret. Um dich!«

Der Inselkommissar nickte. Er blickte zur Decke. Hoch über ihnen zogen träge weiße Wolken vorbei.

»Nur mal angenommen«, begann Gerret erneut, »Mutter war gar nicht tot …«

»Herrgott nochmal!«, rief Hansjörg und schlug mit der flachen Hand auf den Tisch.

Eine ältere Dame, die sich gerade auf einen der beiden Strandkörbe zubewegte, hielt kurz inne und runzelte die Stirn.

»Ich sagte, nur mal angenommen«, fuhr Gerret fort. »Du hast Mutters vermeintliche Leiche bei Sartorius abgegeben. Und dann? Hast du sie jemals danach wieder zu Gesicht bekommen?«

»Nein. Ich hätte den Anblick nicht ertragen.«

Kolbe junior nickte. »Daraus mache ich dir keinen Vorwurf. Aber möglicherweise Sartorius, der den Totenschein ausgestellt und alle weiteren Formalitäten erledigt hat. Die Leiche, möglicherweise die angebliche Leiche, wurde verbrannt und die Urne beigesetzt. Es gibt nichts mehr, was man selbst mit den heutigen fortschrittlichen Methoden noch untersuchen könnte.«

»Worauf willst du eigentlich hinaus, zum Donnerwetter?«

Der Kommissar blickte seinen Vater ernst an. »Sartorius hätte es tun können. Er hätte Mutter zu einer neuen Identität verhelfen können. Zu einem Neubeginn. Ohne dich oder mich.«

»Das ist absurd«, entfuhr es Hansjörg Kolbe.

»Aber nicht vollkommen undenkbar«, antwortete sein Sohn. »Und es würde die Anwesenheit der Frau auf Uthoffs Beisetzung erklären.« Gerret Kolbe senkte seine Stimme zu einem Flüsterton. »Bist du dir absolut sicher, dass Mutter tot war, als du sie im Hausflur gefunden hast?«

»Was ist das für eine groteske Frage? Natürlich bin ich mir sicher!« Sein Gegenüber vollführte eine Handbewegung, als würde er ein lästiges Insekt verscheuchen wollen.

Der Kommissar ließ sich nicht beirren. »War es nicht vielmehr so, dass du vollkommen außer dir warst? In Panik hast du den Wagen geholt. In Panik sind wir aufgebrochen. Und dann hast du den Rest Sartorius überlassen. Deswegen frage ich dich nochmal, Vater: Bist du dir wirklich vollkommen sicher, dass du dich damals nicht geirrt hast?«

Hansjörg Kolbe ächzte leise. Er war in sich zusammengesackt. Sein Gesicht war schweißüberströmt.

»Ich möchte, dass du jetzt gehst«, sagte der Alte leise.

»Du willst mir diese Frage nicht beantworten?«

Kolbe senior wandte seinen Blick ab. »Geh.«

Der Kommissar nickte. Mit einer energischen Bewegung erhob er sich. Der Korbstuhl schlidderte scharrend ein gutes Stück zurück.

»Ganz wie du willst«, sagte Kolbe. »Aber ich werde nicht aufgeben. Nicht, bis ich die volle Wahrheit kenne. Eine Eigenschaft, die ich von dir geerbt habe, Vater. Auf Wiedersehen.«

Der alte Mann antwortete nicht.

Kolbe machte auf dem Absatz kehrt und ging den Weg, den er gekommen war. Auf Höhe der Information kam ihm eine ältere Dame mit feuerrotem Haar entgegen. Sie hatte ihn sofort erkannt.

Willa von Campen nickte Kolbe zu, schien zunächst zu zögern, ob sie das Gespräch suchen sollte, und blieb dann doch stehen.

»Guten Morgen«, sagte sie. »Ich freue mich sehr, dass Sie sich entschlossen haben, Ihren Vater zu besuchen.«

»Sie sind vermutlich die Einzige, die sich darüber freut«, antwortete Kolbe brüsker, als er beabsichtigt hatte.

Willa von Campen zog eine Augenbraue in die Höhe. »Ah, verstehe, Sie haben sich gestritten? Nun, es ist doch hoffentlich nichts Ernstes, nicht wahr? Die Ärzte sagen nämlich, dass wir jegliche Form von Aufregung von Ihrem Vater fernhalten sollen.«

Kolbe strich sich mit der flachen Hand über sein Kinn. »Ich fürchte, einen gewissen Anteil an Aufregung habe ich ihm nicht ersparen können. Aber ich bin sicher, dass Sie nur zwei Minuten brauchen werden, um ihn wieder aufzumuntern.«

Die Rothaarige sah den Kommissar ernst an. »Ich hoffe, es geht nicht immer noch um diese leidige Angelegenheit von damals. Ich weiß, es war schrecklich genug für alle. Besonders für Sie.«

»Was wissen Sie denn darüber?«, fragte Kolbe.

Sie zuckte mit den Schultern. »Nun, zumindest das, was mir Ihr Vater über diese grässliche Angelegenheit erzählt hat.«

»Ich fürchte, er hat dabei einige entscheidende Details ausgelassen.«

»Und wenn schon«, antwortete sie. »Manchmal ist es besser, die Toten ruhen zu lassen, Herr Kolbe. Selbst Sie können sie nämlich nicht wieder lebendig machen.«

»Nein, das kann ich nicht«, antwortete er. »Es sei denn, die Toten stehen von selbst wieder auf.«

Sie blickte ihn fragend an. In ihrem Gesicht arbeitete es.

»Mein Vater hat Ihnen erzählt, dass meine Mutter ermordet worden ist. Ich will weder meinem Vater noch Ihnen zu nahe treten, aber es könnte sein, dass auch das nicht der Wahrheit entspricht.«

»Was wollen Sie denn damit andeuten?«

»Ich halte es für möglich, dass meine Mutter noch am Leben ist. Zumindest ist sie auf dem Festland gesehen worden.«

Die rot geschminkten Lippen Willas öffneten sich.

Kolbe erkannte einen goldenen Eckzahn in ihrem rechten Oberkiefer.

»Ich lasse Sie beide jetzt wohl besser allein«, fuhr er fort und wandte sich dem Ausgang entgegen.

Kurz darauf drehte er sich noch einmal um und deutete auf das Buch, das Willa von Campen in ihrer rechten Hand hielt.

»Ach, übrigens: Den Krimi da hat er schon. Zweimal!«

Kapitel 3

An diesem Morgen hatte die Fähre pünktlich angelegt. Die See war ruhig gewesen, kaum Wellengang. Begleitet von einem Schwarm Möwen, der das Begrüßungskomitee darstellte, war die *Langeoog IV* in den kleinen Hafen eingelaufen und hatte die ersten Touristen und Ausflügler auf die Insel gespült.

Mit an Bord befand sich eine Reihe von Frauen, die als Fachkräfte bei einer großen Reinigungsfirma auf dem Festland angestellt waren. Sie kamen zumeist morgens mit der ersten Fähre von Bensersiel herüber, um sich um die zahlreichen Ferienhäuser Langeoogs zu kümmern.

Unter ihnen waren auch Sina Wollesen und Christel Roth, die dieser Arbeit schon seit mehreren Jahren nachgingen und inzwischen zu einem eingespielten Team geworden waren.

Sie hatten ihre Runde schon früh begonnen. Insgesamt vier Häuser standen bis zum Mittag auf dem Programm. Ausgerüstet mit ihren Utensilien und zwei frischen Rädern von einem der Fahrradverleiher der Insel hatten sie sich auf den Weg gemacht.

Inzwischen war es halb elf geworden, und sie waren beim dritten Haus angelangt. Es lag an einem idyllischen Platz in der Nähe der Mutter-Kind-Klinik im Westen Langeoogs, eingebettet in Hagebuttenhecken auf der einen und Sanddornsträucher auf der anderen Seite.

Ein kleines, aus roten Ziegeln errichtetes Haus, entstanden in den späten Siebzigerjahren.

Die beiden Frauen stellten ihre Räder an der Hauswand, in der Nähe des Eingangs, ab.

Christel Roth verwaltete die Schlüssel, die sie in einer Bauchtasche mit sich führte.

»Zeit für Kaffee?«, fragte sie, während sie den passenden Schlüssel fand und ihn ins Schloss schob.

Sina Wollesen blickte auf ihre Kunststoff-Armbanduhr und rechnete nach. Dann verzog sie die Mundwinkel zu einem Grinsen und nickte knapp. »Wenn die Zeit für einen Pott

Kaffee nicht mehr reicht, macht das Leben keinen Sinn mehr, oder?«

Christel verharrte kurz in ihrer Bewegung, als würde sie über den Sinn der Worte noch länger nachdenken wollen. Dann gab sie sich einen Ruck und drehte den Schlüssel energisch im Schloss herum. Die Tür schwang mit einem leichten Knarren auf.

Ein Schwall abgestandener Luft drang den beiden Frauen entgegen. Das Haus war in den letzten Wochen nicht mehr vermietet gewesen, und im Grunde war hier drinnen heute außer Staubwischen und -saugen und vielleicht ein paar kleineren Routinearbeiten nicht viel zu erledigen.

Offenbar hatten sich für kommende Woche neue Gäste angemeldet, daher war dieses Objekt wieder auf der Auftragsliste gelandet.

»Mann, die Luft hier drinnen kann man ja schneiden«, sagte Christel, stellte ihren voluminösen Bastkorb auf der Arbeitsfläche der Küchenzeile ab und beugte sich vor, um das erste Fenster zu öffnen.

Sie nahm die Thermoskanne aus dem Korb, schraubte den Deckel ab und befüllte zwei mitgebrachte Kunststofftassen mit dem dampfenden Gebräu. In die Tasse ihrer Kollegin gab sie zwei Stück Würfelzucker und etwas Kondensmilch.

»Prost!«, sagte sie, nickte Sina zu und nippte vorsichtig am Rand ihrer Tasse.

Die Jüngere nickte, wischte sich eine blonde Haarsträhne aus der Stirn und hob ihre Tasse zum angedeuteten Anstoßen.

Sie standen nebeneinander an die Arbeitsplatte gelehnt, sahen zum Fenster raus und tranken ihren Kaffee.

Alles sah nach einem weiteren Tag voller eingespielter Routinen aus. Keine der beiden ahnte, dass diese bis ins Blut übergegangenen Abläufe genau an diesem Punkt endeten und der Tag eine vollkommen andere Wendung nehmen würde.

»Dann wollen wir mal loslegen, was?«, entschied die etwas stämmigere Christel Roth gut gelaunt, spülte ihren Becher aus und legte ihn in den Korb zurück.

Sie wandte sich einem hohen Wandschrank zu, aus dem sie einen Staubsauger holte, während Sina einen kleinen Eimer mit heißem Wasser aus dem Spülbecken der Küchenzeile befüllte.

Christel bewegte sich nach links. Eine Tür führte in ein kleines Schlafzimmer. Wie fast immer war sie geschlossen.

Sie drückte die Klinke herunter und ließ die Tür aufschwingen. Mit einer beiläufigen Handbewegung rammte Christel den Stecker in die Dose, die sich im Zimmer direkt neben der Tür befand. Sie hob ihren rechten Fuß, um den Staubsauger anzuschalten. Diese Bewegung führte sie nicht zu Ende. Ihr Fuß schien für die Dauer mehrerer Sekunden über dem Gerät zu schweben, als wolle sie einen Balanceakt vorführen.

Christels Kinnlade sackte herunter und brachte so ihr Doppelkinn wieder ins Spiel. Sie riss die Augen auf. Über ihre Lippen drang ein leiser, ächzender Laut.

Ihr Fuß sackte herab, verfehlte den Staubsauger und prallte mit einem hohlen Laut auf dem Boden auf.

Christel Roth spürte etwas dumpf in sich hämmern. Ihr Puls beschleunigte sich, führte zeitweise einen wilden Trommelwirbel auf und klopfte dabei hinter ihren Schläfen.

Sie wankte. Bevor sie fiel, griff sie wild um sich, bekam etwas zu fassen, das sich als die Türklinke entpuppte.

Mit einem scharfen Knall fiel die Tür ins Schloss. Christel Roth sackte mit dem Rücken daran herunter. Ihr war schwarz vor Augen geworden.

Als sie wieder zu sich kam, tätschelte ihr jemand die Wangen und hatte sie offenbar zuvor mit kaltem Wasser besprenkelt. Es tropfte noch immer aus ihrem Haar und rann wie Tränen an ihren Wangen herunter.

Christel Roth blickte in das Gesicht ihrer Kollegin.

»Mein Gott«, entfuhr es Sina, »was machst du denn für Sachen?«

Die Angesprochene blinzelte verwirrt. Sie saß noch immer platt am Boden, direkt neben dem Staubsauger, den Rücken an das Türblatt gelehnt. Das schwarze Kabel war in der Tür eingeklemmt und lugte auf Höhe der Klinke wie ein feindseliges Tentakel heraus.

»Kannst du mich hören?«, fragte Sina.

Christel nickte und schob ein klägliches »Klar« hinterher.

»Wie viele Finger zeige ich?«

»Vier.«

»Und wie viele jetzt?«

Christel vollführte eine abwehrende Handbewegung. »Jetzt lass mich schon mit deinen Fingern in Ruhe. Ich hab das Zählen nicht verlernt.« Sie deutete mit dem rechten Daumen hinter sich. »Da drinnen!«

Sinas besorgter Blick ruhte noch immer aufmerksam auf ihrer Kollegin. »Was ist da drinnen?«

»Da liegt einer auf dem Boden. Ein … ein Toter!«

»Was?« Sina blinzelte. Sie versuchte, im Gesicht der anderen zu lesen, und schien dabei nicht zu glauben, was sie gehört hatte. »Red mal ordentlich, Christel. Ich habe nämlich irgendwas von einem Toten verstanden.«

»Das habe ich ja auch gesagt«, beharrte die andere und versuchte währenddessen, sich hochzustemmen.

»Warte«, sagte Sina schnell. »Ich helfe dir. Nicht, dass du mir hier gleich wieder umkippst.« Sie packte Christels Arm und zog sie mit einem kräftigen Ruck auf die Beine. Rasch zog sie einen Stuhl heran. »Hier. Jetzt setz dich erstmal hin und trink was.« Sie reichte ihrer Kollegin ein hastig befülltes Glas Wasser.

Christel Roth trank in kleinen Schlucken, nickte dankbar und gab das Glas zurück.

»Besser«, sagte sie. »Schon viel besser.«

Sina Wollesen nickte, wirkte dabei aber alles andere als zufrieden. »Möchtest du, dass ich einen Arzt rufe?«

»Nein, nein, bloß das nicht.«

»Bist du sicher, dass es dir wieder besser geht?«

Christel Roth nickte. Sie drehte den Kopf, starrte auf das Kabel, das in der Tür verschwand.

»Du hast nicht nachgesehen?«

Sina schüttelte den Kopf. »Warum sollte ich? Ich hatte ja alle Hände voll mit dir zu tun. Ich war nebenan im Badezimmer, als ich den dumpfen Aufprall gehört habe.«

»Wir müssen nachsehen«, sagte Christel und versuchte bereits, sich in die Höhe zu stemmen.

»Nix da«, protestierte Sina. »Du bleibst jetzt erstmal schön hier sitzen.« Sie wandte sich zur Tür. »Wenn hier eine von uns noch irgendwas macht, dann bin ich das.«

»Aber bitte sei vorsichtig!«

Sina rollte mit den Augen. Sie trat auf die Tür zu, bewegte die Klinke und drückte sich mit ihrem ganzen Gewicht gegen die Tür, bis diese mit einem leicht knirschenden Geräusch nachgab.

»Oh Gott«, stieß sie aus. »Das … das glaube ich nicht. Das darf doch nicht wahr sein!«

Christel beugte sich leicht auf dem Stuhl nach vorne. »Du siehst ihn also auch, richtig? Dann habe ich es mir also doch nicht nur eingebildet.«

»Was ich meinte«, antwortete Sina, »ist das Kabel vom Staubsauger. Das hat einen Knick! Siehst du? Hier!«

Die Augen ihrer Kollegin wurden groß und rund, als sie das Malheur erkannte. »Mein Fehler«, sagte sie kleinlaut. »Aber was ist denn nun mit dem Mann in dem Zimmer?«

»Hier ist kein Mensch«, antwortete Sina. »Und schon gar kein Mann. Wenn du mir nicht glaubst, dann komm her und überzeug dich selbst. Aber pass bloß auf, dass dir nicht wieder übel wird.«

»Mir war überhaupt nicht übel«, stellte Christel richtig, als sie sich langsam und vorsichtig von ihrem Stuhl erhob. »Weder vorhin noch jetzt. Mir ist einfach nur schwarz vor Augen geworden, weil … weil ich mich so entsetzlich erschrocken habe.«

»Hab gar nicht gewusst, dass du so schreckhaft bist«, sagte Sina in leicht spöttischem Tonfall. »Ich meine, wir arbeiten ja schon eine ganze Weile zusammen. Aber sowas wie heute habe ich mit dir noch nie erlebt.«

»Wir haben ja auch noch nie einen Toten gefunden«, gab Christel zu bedenken. Als sie näher wankte, stützte sie sich zunächst an der Wand, dann am Türrahmen ab. Endlich warf sie einen erneuten Blick ins Schlafzimmer. Es war leer.

Das heißt, Möbel befanden sich schon darin. Es waren sogar dieselben wie kurz zuvor. Nur der Mann fehlte. Er war verschwunden, einfach nicht mehr da.

»Aber … wie ist denn das möglich?«, presste Christel hervor. »Ich weiß doch, was ich gesehen habe. Da!« Sie deutete auf den Platz zwischen dem Bettende und dem kleinen Schreibtisch an der Wand. »Genau da hat er gelegen. In so einer gekrümmten Haltung. Einer … unnatürlichen Haltung. Jedenfalls nicht so wie jemand, der sich einfach nur für einen Moment hinlegen will.«

»Wozu er dann ja wohl auch eher das Bett benutzt hätte, richtig?«, hakte Sina nach.

Die beiden Frauen warfen einen kurzen Blick auf das Einzelbett, das sich an der rechten Zimmerwand befand. Es war mit einer cremefarbenen Tagesdecke verhüllt, unter der sich die Konturen von Bettdecke und Kissen abzeichneten.

Oder noch von etwas anderem?

Christel Roth nahm das Rohr des Staubsaugers in die Hand und trat vorsichtig ein paar Schritte näher. Mit dem unteren Teil des Rohrs stupste und piekste sie auf der Decke herum.

»Was tust du denn da?«, wollte Sina wissen, die den Vorgang mit großen Augen beobachtete.

Die Stämmige drehte sich zu ihr um. Christel war ihre rote Hornbrille auf die Nasenspitze gerutscht. Über den Rand der Gläser hinwegblickend, antwortete sie: »Nachsehen, ob er nicht vielleicht da drunter liegt.«

Sina sah ihre Kollegin für die Dauer einiger Sekunden stumm an. »Hast du auch schon unter dem Bett nachgesehen? Oder im Schrank?«

Christel Roth verfiel in blinde Hektik.

»Oder zwischen den Büchern im Regal?«, fuhr Sina fort.

»Hä?«

»Was ich versuche, dir mitzuteilen, ist: Es gibt in diesem Zimmer keinen Mann. Es gibt ihn in diesem ganzen Haus nicht. Ich meine … vielleicht würdest du dir das ja wünschen, aber wie du siehst«, Sina drehte sich einmal mit ausgebreiteten Armen im Zimmer herum, »ist hier niemand!«

Ihre Freundin ließ langsam das Rohr des Staubsaugers sinken, bis es den Parkettboden berührte.

»Du meinst …«

»Ich meine, du hast dir das alles nur eingebildet.«

»Bist du sicher?«

Sina nickte und formte ihre Lippen dabei zu einem Schmollmund. »Ziemlich sicher. Sieh dich doch nur einmal um. Wo hätte der Kerl denn eigentlich hinsollen, nachdem du die Tür hinter dir zugeknallt hast? Ins Haus kann er jedenfalls nicht gelaufen sein. Und das Fenster ist zu. Von innen verriegelt. Siehst du?«

Sina deutete auf den kleinen Haken, der in der goldenen Messingöse steckte.

»Aber ich hätte schwören können …«, setzte Christel an. Sie fuhr sich mit der Hand über die heiße Stirn.

»Besser nicht«, gab die andere zurück. Sie drehte sich zu ihrer Kollegin um und sah sie fest an. »Christel, wir haben lange nicht über das Thema gesprochen, aber … wie steht es bei dir eigentlich inzwischen mit deinem kleinen Problem?«

»Problem? Was für ein Problem?«

»Naja … du weißt schon.« Sina formte die Finger ihrer rechten Hand so, als ob sie darin ein Glas hielt, das sie zum Mund führte.

Christel verstand. Sie presste ihre Lippen zusammen und setzte einen säuerlichen Gesichtsausdruck auf.

»Es gibt kein Problem mehr«, antwortete sie schließlich. »Ich hab mich davon gelöst. Und Hinnerk weine ich inzwischen auch keine Träne mehr nach. Keine einzige, hörst du?«

»Das ist gut, Christel. Das ist richtig gut. Der Mistkerl war es sowieso nicht wert. Er hatte dich gar nicht verdient.«

»Sag ich ja«, sagte Christel und wischte sich eine Träne aus dem Augenwinkel. »Alles Mistkerle da draußen.«

Sina nickte und wiederholte: »Alles Mistkerle.«
Die beiden Frauen sahen sich für einen Moment lang schweigend an und brachen dann gleichzeitig in Gelächter aus. Es hielt fast eine halbe Minute lang an und hatte auf beide eine befreiende Wirkung.

Christel, die Ältere, trat auf Sina zu und drückte sanft ihren Arm. »Ich danke dir, meine Kleine.«

Sina lächelte. »Nicht dafür. Und ich hoffe, es ist nun klar, dass hier kein Mann gewesen ist. Weder ein toter noch ein lebendiger.«

»Ja«, antwortete Christel. »Vollkommen klar. Da wäre nur noch eine Sache, die mir Kopfschmerzen bereitet …«

»Was denn jetzt noch?« Sina wirkte verblüfft.

Christel deutete auf den Fußboden. »Der Staubsauger ist hin. Nehmen wir deine Versicherung oder meine? Ich frag nur, weil … ich habe diesen Monat doch schon die beiden Vasen bei Christensen umgeschmissen. Und vorgestern auf dem Parkplatz bei Edeka in Wittmund bin ich beim Zurücksetzen gegen einen von diesen Mülleimern gefahren. Weißt du, diese Dinger, die meist bei den Einkaufswagen hängen. Die siehst du im Rückspiegel gar nicht.«

»Ach, Christel«, antwortete Sina mit einem Seufzer. Beide blickten für einen Moment auf den Staubsauger mit dem defekten Kabel.

»Ach, was soll's«, sagte Sina schließlich. »Ich nehme den auf meine Kappe. Ich kann ganz gut mit dem Typen von der Versicherung. Naja, eher mit seinem Sohn.«

»Ach ja?« In Christels Augen blitzte es belustigt auf. »Wie gut ist denn das?«

Sina errötete leicht. »Ziemlich gut.«

»Na dann«, sagte Christel und blickte auf die Uhr, »wollen wir mal wieder.«

»Ganz ruhig und immer schön sinnig, ja?«, mahnte Sina. Sie tätschelte Christels Wange und drückte sich an ihr vorbei. Im Gehen zog sie den Stecker aus der Dose und den defekten Staubsauger hinter sich her.

Christel atmete tief durch. Noch einmal sah sie sich im Zimmer um. Sie war jetzt beinahe sicher, dass da kein Mann am Boden gelegen hatte. Vielleicht hatte ihr ihre Fantasie einen Streich gespielt. Vielleicht war ihr auch der Kaffee nicht gut bekommen.

Vielleicht, vielleicht …

Sie wandte sich zur Tür und drehte sich auf der Schwelle noch ein letztes Mal um.

Nein, da hatte kein Mann gelegen. Noch im selben Moment gerieten ihre Gedanken ins Stocken. Sie kniff sich sachte mit den Fingern in ihre Unterlippe und zog daran herum.

Aber was, wenn doch?, dachte sie.

Was, wenn doch?

Kapitel 4

Gegen Mittag hatte sich Rieke Voss an ihren Schreibtisch in der Polizeidienststelle von Langeoog zurückgezogen. Neben ihr standen eine halb angebrochene Flasche Wasser und ein Recycle-Becher mit kleingeschnittenem Obst, den sie in einem Geschäft um die Ecke besorgt hatte. In ihrer Linken hielt sie eine kleine Holzgabel, auf der ein saftiges Stück Ananas aufgespießt war. Mit der Rechten bediente sie die Computermaus und scrollte sich damit durch eine alte Vernehmungsakte, bei der sie nachträglich noch ein paar Ergänzungen eingefügt hatte.

Der beginnende Herbst und das langsame Abebben der großen Besucherströme machten sich auch im täglichen Polizeidienst auf Langeoog bemerkbar.

Rieke war allein, die Chefin hatte sich einen Tag freigenommen, und Enno Dietz kam erst in einer halben Stunde, um die Nachmittagsschicht zu übernehmen.

Lediglich Kolbe fehlte, der irgendwo auf der Insel unterwegs war.

Die Kommissarin steckte sich die Gabel zwischen die Lippen und löste langsam das Stück Ananas davon ab, als sie weiter vorne die Eingangstür hörte. Schritte näherten sich, kamen zögerlich den Korridor herunter. Noch bevor sie sich umdrehte, wusste Rieke bereits, dass es keiner ihrer Kollegen war.

Eine Frau, rot gefärbte Haare, stämmig gebaut, war am Empfangstresen stehen geblieben. Sie trug eine Jeansbluse, deren Ärmel sie bis zu den Ellenbogen hochgekrempelt hatte.

»Kommen Sie bitte hier herüber?«, fragte Rieke und erhob sich gleichzeitig von ihrem Platz.

Die Frau nickte beflissen und setzte sich gehorsam in Bewegung.

Rieke trat ihr mit einem freundlichen Lächeln entgegen. »Moin. Was kann ich für Sie tun?«

»Moin«, antwortete die andere zögerlich. Sie sah sich nach allen Seiten um, so als würde sie jeden Augenblick erwarten, aus einer der verschiedenen Richtungen angefallen zu werden. »Ja, wissen Sie«, fuhr sie fort, »ich weiß gar nicht, ob Sie mir weiterhelfen können oder nicht doch meine Ärztin vom Festland.«

»Wenn Sie mir sagen, worum es geht, werden wir das ganz sicher zusammen rausfinden.«

Die Rothaarige nickte und musste offenbar ihren Mut zusammennehmen, um frei zu sprechen. »Die Sache ist die: Ich glaube, dass ich heute einen Toten gefunden habe.«

Rieke Voss hob die rechte Augenbraue. »Wie bitte?«

»Ich weiß, es hört sich seltsam an, aber … ich hatte Zeit genug, um darüber nachzudenken, und ich glaube nicht, dass ich mir das alles nur eingebildet habe. Da war jemand.«

Die Kommissarin bewegte mechanisch, und ohne den Blick von der Besucherin abzuwenden, ihren rechten Arm und langte nach einem Klemmbrett, in dem ein frisches Blankoformular und ein Kugelschreiber steckten. Letzteren löste sie vorsichtig aus der Verankerung und hielt sich bereit.

»Jetzt mal ganz langsam und ganz von vorne, bitte«, sagte Rieke ruhig. Sie drückte mit ihrem rechten Daumen auf den Kugelschreiber.

Klick!

»Name?«

»Ich habe leider keine Ahnung, wie der Mann hieß.«

»Ihren Namen, meine ich.«

Der Besucherin huschte ein flüchtiges Lächeln über ihre Lippen. Am Rand der oberen hatte sich ein dünner Schweißfilm gebildet.

»Christel Roth. Ich arbeite als Reinigungskraft bei der Firma *Sauber und Blank*. Kennen Sie vielleicht aus der Radiowerbung.«

»Nein«, antwortete Rieke und schüttelte den Kopf.

»Nein? Nie gehört? Oder die Aufschrift gelesen? *Sauber und Blank – dem Himmel sei Dank?*«

Rieke blickte von ihrem Formular auf. »Sagen Sie … Sie wollen mich doch nicht etwa auf den Arm nehmen, oder?«

Die Angesprochene machte ein schuldbewusstes Gesicht. »Entschuldigen Sie bitte. Wenn ich aufgeregt bin, plappere ich einfach so vor mich hin.«

Die Polizistin nickte verständnisvoll. »Wie wäre es, wenn wir nochmal ganz von vorne anfangen?«

Und so erzählte Christel Roth der Kommissarin ihre Geschichte, ganz von vorne und ganz ausführlich.

Gegen Ende des Vortrags, sie waren inzwischen in dem kleinen Vernehmungszimmer nebenan gelandet, hatte Rieke Voss das Klemmbrett von sich geschoben. Das Fragezeichen, das ihr beinahe sichtbar auf der Stirn klebte, war mit dem Voranschreiten von Christel Roths Ausführungen immer größer geworden.

Gerret Kolbe erreichte die Dienststelle im selben Augenblick. Er sah die beiden Frauen aus dem Zimmer kommen. Im Korridor blieben die drei stehen.

»Was gibt's?«, fragte Kolbe, der den leicht irritierten Blick seiner Kollegin aufgefangen hatte.

»Möglicherweise ein Leichenfund Ecke Süderdünenring und Strandjepad.«

»Möglicherweise?«, fragte Kolbe. Er zog dabei die Augenbrauen hoch.

»Erkläre ich dir unterwegs«, antwortete Rieke, die sich sofort zu ihrer Besucherin umdrehte. »Sie fühlen sich doch gut genug, um nochmal mit uns zu dem Haus zu fahren?«

Die Angesprochene bejahte die Frage, und nur wenige Sekunden später befanden sich drei Fahrräder mehr auf dem Weg in Richtung Westen.

Während Christel Roth voranradelte, setzte die Kommissarin in einigem Abstand ihren Kollegen über die bisher vorliegenden Informationen des Falls in Kenntnis.

»Und was glaubt sie, wie die Leiche das Haus wieder verlassen hat?«, fragte Kolbe am Ende.

»Dafür hat sie keine Erklärung«, antwortete Rieke leise. Sie radelte ein Stück näher an ihren Kollegen heran. »Unter uns gesagt: Ich fürchte, dass die Gute ein kleines Problem hat.«

»Was denn für ein Problem?« Kolbe blinzelte irritiert.

Die Inselkommissarin führte ein unsichtbares Glas an ihre Lippen.

»Na wunderbar«, entfuhr es Kolbe, »das hat uns ja gerade noch gefehlt.«

»Wir werden uns das Ganze vor Ort ansehen und dann …«

»Und dann?«

»Naja, dann … dann sehen wir es ja.«

Kolbe warf ihr ein Grinsen zu. »Schauen wir mal.«

Wenige Minuten später erreichten sie den Strandjepad und das in Hecken eingefasste, unscheinbare Haus dahinter. Es wirkte im Vergleich zu anderen Gebäuden auf Langeoog älter und mit Sicherheit verwitterter, so als hätte es eine lange Geschichte hinter sich.

Die Inselkommissare stellten ihre Räder an einem windschiefen Lattenzaun ab und begaben sich über einen kurzen, mit hohem gelbem Gras überwucherten Pfad zum Eingang. Christel Roth erwartete sie dort. Sie hatte den Hausschlüssel bereits aus ihrer Tasche gekramt.

»Meine Kollegin Sina hat noch auf der Insel zu tun«, erklärte sie währenddessen. »Ich habe ihr nicht gesagt, wohin ich gehe. Nur, dass ich auch noch was auf Langeoog zu erledigen hätte.«

»Sie haben alles richtig gemacht«, antwortete Rieke mit einem Lächeln. Der steife Wind spielte mit ihrem Haar. Eine feuerrote Strähne hatte sich gelöst und tanzte der Ostfriesin um das um diese Jahreszeit noch immer leicht sommersprossige Gesicht.

»Wollen wir dann?«, fragte Kolbe und deutete auf die Eingangstür.

Christel Roth nickte. Beinahe hätte sie den Schlüssel fallen gelassen, als sie damit am Schloss herumnestelte. Kurz darauf öffnete sich die Tür nach innen.

»Ist vielleicht besser, wenn wir vorangehen«, schlug Kolbe vor und drängte sich an der Reinigungskraft vorbei.

Rieke Voss tat es ihm gleich, blieb jedoch im schmal geschnittenen Flur stehen und drehte sich zu Christel Roth um.

Der Frau schien es ein deutliches Unbehagen zu bereiten, innerhalb von so kurzer Zeit wieder an diesen Ort zurückzukehren.

»Keine Sorge«, sagte die Kommissarin und berührte die andere an der Schulter, »wir sind bei Ihnen. Es passiert Ihnen nichts.«

Christel Roth nickte und folgte den beiden Inselkommissaren in die Küche, von wo aus man durch zwei schmale Fenster einen Blick auf einen Teil des verwilderten Grundstücks und die ausladende Sanddornhecke erhaschte.

»Wo liegt denn der besagte Raum?«, wollte Kolbe wissen. Er hatte die Hände in die Hüften gestemmt, während er sich umblickte.

Die Reinigungskraft deutete auf die rechte der beiden Zimmertüren.

»Es ist das kleine Schlafzimmer dort.«

»In Ordnung.« Kolbe nickte knapp, wandte sich der Tür zu und drückte die Klinke in einer energischen Bewegung herunter.

Rieke Voss behielt dabei die Frau neben ihr im Blick. Christel Roth zuckte leicht zusammen, als die Tür aufschwang und sachte gegen die Wand prallte. Sie hatte dabei ihre Hände zu Fäusten geballt, wobei ihre Finger in ständiger Bewegung waren, als ob sie etwas zerknautschten.

»Kommen Sie bitte mal, Frau Roth?«, hallte Kolbes Stimme zu ihnen herüber.

»Natürlich.«

Die beiden Frauen setzten sich gleichzeitig in Bewegung und betraten das Zimmer.

Gerret Kolbe sah ihnen entgegen. »Würden Sie uns bitte mal zeigen, wo Sie den Mann … den Toten gesehen haben wollen?«

Die Rothaarige atmete kurz durch und trat dann entschlossen drei Schritte vor. Sie zeigte auf eine Stelle zwischen Bett und Schreibtisch.

»Da«, sagte sie. »Genau da hat er gelegen.«

»Und wie genau?«, hakte Kolbe nach. »Auf dem Rücken oder auf dem Bauch?«

»Mehr seitlich«, antwortete Christel. »Mit dem Gesicht nach rechts. Wissen Sie, so, als ob er einfach nur unter das Bett sehen wollte. Aber der Mann … der hat nichts mehr gesehen. Seine Augen waren nämlich … wie soll ich sagen … leer. So als würde er in die Unendlichkeit blicken.«

Kolbe fühlte sich unangenehm berührt. Genauso hatte ihn damals die Frau angestarrt, die tot im Flur seines Elternhauses gelegen hatte. Die Frau, die er sein Leben lang für seine Mutter gehalten hatte …

»Gerret?« Die Stimme seiner Kollegin riss ihn aus seinen Gedanken. Es war, als würde er aus einem tiefen Strudel ruckartig an die Oberfläche tauchen.

»Jaja, schon gut«, antwortete er in Gedanken und blickte auf die Stelle, die die mutmaßliche Augenzeugin ihnen gerade gezeigt hatte. Es handelte sich um alten Parkettboden, der nach Kolbes Einschätzung dringend eine Auffrischung nötig hatte.

»Können Sie den Mann beschreiben?«, schaltete sich Rieke Voss ein.

»Ja, ich denke schon«, antwortete Christel zögerlich. Auch sie starrte zu Boden, wirkte für einen Moment leicht abwesend. »Er hatte dunkles Haar … relativ kurz. Seine Statur war … normal, würde ich sagen. Es war in der Position sehr schwer zu erkennen.«

»Und das Alter?«, hakte Rieke nach.

Die Zeugin zuckte mit den Achseln. »Auch das ist schwer zu sagen. Ich habe ihn ja nur ganz kurz gesehen, wie er da lag. Danach ist mir ja gleich so komisch geworden. Und dann war für einen Moment lang alles aus.«

»Eine ungefähre Einschätzung vielleicht?«, beharrte die Kommissarin. »Eher alt? Oder war es ein junger Mann?«

»Eher die Mitte«, antwortete Christel. »Vielleicht so um die fünfzig rum. Beschwören würde ich es aber nicht.«

»Das müssen Sie zum Glück auch nicht«, sagte Kolbe. Er drehte sich im Zimmer um, suchte den Fußboden mit seinem

Blick ab, sah in alle Ecken, öffnete sogar den schmalen Schrank, der nichts enthielt als eine Stange und ein paar verwaiste Kleiderbügel. Drei waren aus einfachem Draht gefertigt, zwei andere aus Holz besaßen einen Stricküberzug.

»Sie sagten, Sie haben den Mann nur kurz gesehen«, sagte Kolbe in den Schrank hinein. Erst dann drehte er sich zur Zeugin um und fügte hinzu: »Für wie lange etwa?«

»Für drei oder vier Sekunden vielleicht. Kurz darauf wurde mir schwarz vor Augen.«

»Gab es abgesehen von dem Blick des Mannes noch andere Anzeichen, die darauf schließen ließen, dass er tot oder vielleicht auch nur verletzt war? Haben Sie vielleicht irgendwo Blut gesehen? Hatte er welches an seiner Kleidung?«

»N-nein«, gab Christel Roth zurück. »Nicht, dass ich mich erinnern würde.«

»Aus einem Reflex heraus schlugen Sie die Tür hinter sich zu«, fuhr Kolbe fort. »Wie lange war sie verschlossen?«

Die Angesprochene blickte hilflos zu Rieke Voss hinüber, bevor sie sich wieder dem Kommissar zuwandte: »Tut mir leid, das kann ich wirklich nicht sagen.«

»Versuchen Sie es zu schätzen«, schlug Kolbe vor.

Sie überlegte. Mehrere Sekunden verstrichen. Aus der Küche war das leise Ticken einer Uhr zu hören.

»Ich war höchstens eine halbe Minute bewusstlos. Sina hat ja mehr oder weniger mitbekommen, wie ich zusammengeklappt bin. Dann musste sie mich natürlich erstmal wieder aufpäppeln. Sie hat mir dann noch ein Glas Wasser gegeben. Alles in allem war die Tür vielleicht sieben oder acht Minuten geschlossen. Höchstens zehn.«

Kolbe nickte grimmig. Er schien mit den Antworten nicht zufrieden zu sein.

»In Ordnung, Frau, äh …«

»Roth.«

»In Ordnung, Frau Roth. Ich denke, es ist das Beste, wenn Sie jetzt nach Hause gehen. Wir haben Ihre Adresse und Ihre Telefonnummer. Wenn sich etwas ergibt, werden wir Sie benachrichtigen. Und vielleicht sollten Sie sich für den Rest der Woche freinehmen.«

Die Zeugin nickte und klimperte mit dem Schlüssel. »Ich muss dann nur noch das Haus abschließen.«

»Vielleicht warten Sie kurz draußen auf uns«, schlug Rieke vor. »Wir kommen sofort nach.«

Christel Roth wandte sich ab. Die Inselkommissare hörten, wie sich ihre Schritte entfernten und draußen im hohen Gras verstummten.

»Was ist denn noch?«, fragte Kolbe, als sie allein waren.

»Ich weiß nicht recht«, gab Rieke zurück. Sie nagte dabei an ihrer Unterlippe. »Kommt dir das Ganze nicht auch irgendwie seltsam vor?«

»Allerdings. Aber nicht so wie dir, fürchte ich.«

»Wie meinst du das?«

Kolbe deutete nach draußen. »Ich weiß nicht, was sie eingenommen hat oder was ihr sonst so fehlt, aber das hier ist doch kompletter Blödsinn. Hier ist kein Mann gewesen, weder tot noch lebendig.«

»Die Frau ist vollkommen nüchtern«, antwortete Rieke leise. »Und auch sonst macht sie mir nicht den Eindruck, als würde sie dazu neigen, Gespenster zu sehen. Außerdem habe ich ihren Blick gesehen, als wir dieses Zimmer betreten haben.«

»Ja, und?«, fragte der Kommissar.

»Sie hatte Angst, Kolbe. Fast panische Angst. Vor etwas oder jemandem, den sie hier drinnen gesehen haben muss. Und von dem sie vielleicht sogar dachte, er könne noch immer hier sein.«

Kolbe seufzte. »Das war pure Einbildung, weiter nichts. Du siehst doch, hier ist niemand. Wie soll der Kerl denn reingekommen sein, wenn die Tür doch abgeschlossen war? Und wohin ist er so plötzlich verschwunden, wenn er doch angeblich tot war? Das ergibt doch alles überhaupt keinen Sinn.«

»Trotzdem glaube ich, dass irgendetwas hier drinnen passiert ist«, beharrte Rieke. Sie trat auf Kolbe zu, schob ihn ein Stück beiseite.

»Was machst du denn?«

»Ich will mir die Stelle genauer ansehen, an der sie den Toten gesehen haben will.«

Kolbe massierte sich die Schläfen. Er verspürte ein leichtes Stechen dahinter und zuckte kurz zusammen, als er aus dem Fenster direkt in die Sonne blinzelte.

»Hier hat vor Kurzem noch etwas gelegen«, sagte Rieke entschieden.

Kolbe drehte sich um. »Was? Wo?«

»Hier auf dem Boden«, sagte sie und deutete auf die besagte Stelle. »Sieh dir mal das Parkett an. Wenn man genau hinsieht, erkennt man hier vor dem Bett eine größere rechteckige Fläche, so als hätte hier viele Jahre lang ein Läufer oder etwas Ähnliches gelegen. Außerhalb der Ränder ist das Parkett um einiges stärker nachgedunkelt.«

Kolbe starrte zu Boden. Seine Augen brauchten einen Moment, um sich an die Lichtverhältnisse zu gewöhnen.

»Also schön, ja«, räumte er ein, »da ist ein ganz leichter Farbunterschied zu erkennen, wenn man genau hinsieht. Aber was beweist das?«

»Es würde zum Beispiel erklären, warum sich kein Blut auf dem Boden befindet. Irgendjemand könnte den Toten hier rausgeschafft haben, solange die Tür geschlossen war. Und dabei könnte er auch gleich den blutigen Läufer entsorgt haben.«

»Den blutigen Läufer«, wiederholte Kolbe mit einem weiteren Seufzen. »Das sind doch alles nur Spekulationen. Und selbst wenn wir das alles nur für einen Moment lang annehmen, bleibt immer noch die Frage, wie Läufer und Leiche das Haus verlassen haben sollen, während die beiden Frauen nebenan waren.«

»Durch das Fenster«, antwortete Rieke. »Durch das Fenster und dann irgendwo draußen durch die Hecke.«

Beide setzten sich gleichzeitig in Bewegung. Bis zu dem sonnendurchfluteten Fenster waren es nur wenige Schritte.

Kolbe fegte die dünne Gardine beiseite, die den Blick in eine leere Fensterbank freigab.

»Es ist verschlossen«, sagte Kolbe trocken. »Und zwar von innen.« Er deutete auf den kleinen goldfarbenen Messinghaken, der auf der Innenseite des Fensterrahmens in der dazugehörigen Öse steckte.

»Und wenn nun eine der beiden Frauen das Fenster …«, überlegte Rieke laut.

»Verschlossen hat?«, half ihr Kollege nach. »Haben sie aber nicht. Soweit ich weiß, hat Frau Roth dir doch ihren Ablauf genau beschrieben. Da habe ich nichts von Fensterputzen oder –öffnen gehört.«

»Stimmt«, räumte Rieke ein.

»Nur mal angenommen«, fuhr Kolbe fort, »jemand würde den Raum durch das Fenster verlassen wollen. Dann müsste er es zunächst über diesen simplen Mechanismus öffnen.«

Kolbe löste den Haken aus der Öse und drückte das Fenster leicht nach außen auf. Der Gesang von Vögeln drang herein. Irgendwo in der Hecke herrschte Hochbetrieb.

»Er schafft den Körper des Mannes hier heraus, wirft den Läufer hinterher und verlässt schließlich auf demselben Weg das Haus. Anschließend drückt er das Fenster von außen wieder in den Rahmen zurück.«

Kolbe beugte sich vor und bekam eine Holzsprosse zu fassen, mit deren Hilfe er das Fenster zurückzog. Es passte sich in den Rahmen. Durch den sachten Aufprall geriet der Messinghaken in Bewegung und fiel dabei wie automatisch in die Öse zurück. Das Fenster war somit verriegelt.

Die beiden Inselkommissare blickten sich für einen Moment lang wortlos an.

»Verdammt«, sagte Kolbe leise.

»Das hast du nicht erwartet, oder?«, fragte Rieke leise.

»Nein.«

»Dann denkst du also auch, dass es sich genau so abgespielt haben könnte?«

Kolbe antwortete nicht. Er drehte sich auf der Stelle um und wandte sich zur Tür.

»Was hast du vor?«, fragte Rieke.

Kolbe zuckte mit den Schultern. »Na, was schon? Nachsehen, ob wir draußen vor dem Fenster irgendwelche Spuren finden. Und falls ja, bin ich vielleicht langsam bereit, an eine Leiche zu glauben.«

Rieke nickte. »Und demnach auch an einen weiteren Mörder auf Langeoog.«

Kapitel 5

Ein schneidender Wind fegte über die Insel und ließ die Sträucher der Sanddornhecke geräuschvoll rascheln. Es ging auf den Herbst zu, zwischen dem Grün der Pflanzen erstrahlte ein sattes Gelborange der ersten Früchte in diesem Jahr.

Gerret Kolbe und Rieke Voss hatten sich vorsichtig dem Fenster genähert, hinter dem das kleine Schlafzimmer lag.

»Hier könnte etwas gelegen haben«, stellte Rieke fest, als sie das hohe gelbe Gras begutachtete und hier und da auseinanderdrückte. »Etwas von der Größe eines menschlichen Körpers vielleicht.«

Kolbe trat zu ihr herüber und sah auf eine leichte Mulde im Gras hinunter. Einige Halme waren geknickt, andere waren bereits wieder dabei, sich aufzurichten. »Das kann alles Mögliche gewesen sein«, sagte er, während er sich weiter umblickte.

»Mag sein«, antwortete Rieke, »aber wir können nicht ausschließen, dass es sich um eine Leiche gehandelt hat, richtig?«

»Das Ganze klingt vollkommen verrückt«, sagte Kolbe. »Wir müssen wirklich aufpassen, dass wir uns hier nicht in irgendetwas reinsteigern.«

»Keine Sorge«, entgegnete die Kommissarin, die damit begonnen hatte, den Boden nach möglichen weiteren Spuren abzusuchen.

»Außerdem«, ergänzte ihr Kollege, »hast du dir schon mal Gedanken über den Mörder gemacht? Ich meine, wenn da wirklich eine Leiche im Zimmer war und die Tür nach der Entdeckung verschlossen gehalten wurde, bis zu dem Moment, in dem die beiden Frauen das Zimmer wieder betreten haben, dann lässt die Situation nur einen einzigen Schluss zu.«

Rieke Voss unterbrach ihre Suchaktion für einen Moment. Sie richtete sich auf und blickte Kolbe an. »Der Mörder muss bei der Entdeckung der Leiche noch im Raum gewesen sein«, sagte sie. »Vielleicht unter dem Bett, oder er ist auf den ältesten Trick der Welt verfallen: Er hat sich im Kleiderschrank versteckt gehalten, bis die Tür sich wieder geschlossen hatte.«

»Extrem riskant«, gab Kolbe zu bedenken.

»Und trotzdem vermutlich seine einzige Chance, unerkannt aus der Sache rauszukommen.«

»Sowas Verrücktes habe ich schon lange nicht mehr gehört.« Kolbe drückte sein Kreuz durch und blickte in die Richtung der Vorderseite des Hauses, wo Christel Roth sicher noch auf sie wartete. »Sollten wir ihr nicht sagen, dass sie gehen kann?«

Rieke blickte auf. »Ja, vermutlich brauchen wir sie im Augenblick wirklich nicht mehr.«

Kolbe nickte, umrundete das Haus zur Hälfte und stieß auf die Zeugin, die ungeduldig von einem Bein auf das andere trat. »Sie sind erlöst, Frau Roth«, sagte der Kommissar, als er auf die wartende Frau zutrat. »Ich denke, wir benötigen Sie hier vorerst nicht mehr. Ich hätte nur die Bitte, dass Sie uns vorübergehend den Schlüssel für das Haus aushändigen.«

»Oh«, stieß die Zeugin aus. »Den muss ich aber wieder bei meiner Firma abgeben. Das ist so üblich.«

Kolbe lächelte sie an und streckte seine rechte Hand dabei aus. »Ich übernehme das gerne für Sie. Machen Sie sich keine Gedanken darüber. Es ist auch nicht für lange.«

»Na, wenn das so ist …« Christel Roth langte in ihre Jackentasche, kramte den Schlüssel hervor und drückte ihn dem Kommissar in die Hand.

»Besten Dank. Ich werde ihn heute, spätestens morgen bei Ihrem Arbeitgeber abliefern.«

»Dann kann ich jetzt also gehen?«, fragte sie.

Kolbe nickte. »Vielleicht gönnen Sie sich etwas Ruhe und Ablenkung.«

»Das werde ich«, sagte sie voller Überzeugung. »Ich gönne mir jetzt drüben im Restaurant eine schöne Kutterscholle mit Bratkartoffeln und … ach ja, diese leckere Remouladensoße. Und danach einen anständigen Pott Kaffee.«

»Das klingt vernünftig«, sagte Kolbe grinsend. Er sah der Frau noch eine Weile nach, bis sie mit ihrem Fahrrad entlang des Süderdünenrings kleiner wurde und schließlich ganz verschwand. Der Kommissar schüttelte den Kopf und begab sich zurück zu seiner Kollegin. Doch Rieke Voss war auf den ersten Blick nicht zu sehen. Er rief nach ihr.

»Ich bin hier drüben«, drang ihre Stimme aus der Sanddornhecke.

Kolbe trat auf die Stelle zu, als sich Rieke plötzlich dahinter erhob. »Achtung.«

»Wie Achtung?«, fragte Kolbe. Vorsichtshalber war er stehen geblieben.

»Sieh dir mal die Schneise da an«, antwortete Rieke und deutete auf eine Stelle, die mit etwas Wohlwollen als schmaler Durchgang zwischen den einzelnen Sanddornsträuchern betrachtet werden konnte.

»Was ist damit?«, fragte er.

Seine Kollegin deutete auf den leicht sandigen Boden. »Da ist etwas durch die Büsche geschleift worden.«

Kolbe ging in die Hocke, sah sich die Spuren auf der Erde genauer an. »Wie bist du darauf gestoßen?«

»Ich habe einfach versucht, mich in die Lage des Mörders zu versetzen«, antwortete sie, als sie sich zu Kolbe umdrehte. »Ich meine, irgendwo musste er doch schließlich mit der Leiche hin, oder? Zunächst mal vom Haus weg, damit er durch das Fenster nicht gesehen werden konnte. Dazu blieb ihm nur der Weg durch die Hecke, die ihm ausreichend Sichtschutz bot.«

Kolbe hob beide Hände, um seine Kollegin zu beschwichtigen. »Rieke, wir sollten aufpassen, dass …«

»Wir uns nicht verrennen, jaja. Das hast du schon mal gesagt. Aber wir haben immerhin die Aussage einer Zeugin, die einen Toten in dem Haus da gesehen haben will.«

»Mag sein«, räumte Kolbe ein. »Aber darüber hinaus haben wir überhaupt nichts.«

»Würde ich nicht sagen. Bisher passt doch alles zusammen. Und außerdem habe ich das hier.« Sie hielt ihrem Kollegen einen kleinen Plastikbeutel hin, der ein paar helle Fetzen enthielt. Der Beutel flatterte geräuschvoll im Wind.

»Was ist das?«, wollte Kolbe wissen, der keinerlei Anstalten machte, seiner Kollegin die kleine Tüte abzunehmen.

»Das sind Baumwollfasern«, erklärte die Ostfriesin. »Die habe ich da am Boden gefunden. Hatten sich an den Dornen verfangen.«

»Und was glaubst du, was das sein könnte?«

Sie nahm den Beutel wieder an sich. »Vielleicht Fasern von einem Teppichläufer. Denn auch das passt zusammen. Der Mörder hat die schwere Leiche auf den Läufer drapiert und das ganze Paket hier durch die Hecke gezogen. Dabei konnte er wenig Rücksicht nehmen, weil die Zeit drängte.«

»Ich weiß nicht«, antwortete Kolbe. »Findest du nicht, dass diese Geschichte immer noch reichlich unglaubwürdig klingt?«

»Abenteuerlich vielleicht, aber unglaubwürdig?« Sie trat einen Schritt auf ihren Kollegen zu. »Du willst doch vermutlich nur nicht an diese Sache glauben, weil du der Zeugin gegenüber voreingenommen bist.«

»Ach Quatsch!« Kolbe winkte ab.

»Das ist aber noch nicht alles«, sagte Rieke und bedeutete ihrem Kollegen, ihr auf die andere Seite der Hecke zu folgen.

Die beiden Inselkommissare bahnten sich ihren Weg durch die teils dornigen Zweige der Sträucher, von denen viele unter dem Gewicht ihrer leuchtend hellen Beeren nachgaben.

»Zerquetscht oder zertreten«, bemerkte Rieke auf ihrem kurzen Weg. Hinter ausladenden Sträuchern der Hecke angekommen, fasste sie ihren Kollegen am Arm und erreichte damit, dass auch er stehen blieb.

»Da vorne im Gras endet die Spur. Siehst du?«

Kolbe wagte sich vorsichtig näher. Auch hier war eine Art Mulde im hellen Strandgras zu erkennen. Etwas oder jemand musste dort für eine gewisse Zeit gelegen haben. Und nach Einschätzung der Beamten konnte das noch nicht allzu lange her sein.

»Könnte sein, dass er hier eine kurze Rast eingelegt hat«, bemerkte Rieke. Die Hände auf ihren Hüften liegend, sah sie sich erneut zu allen Seiten um.

Nach einem Dünenabschnitt von etwa zwanzig Metern ging der Boden nach und nach in den an dieser Stelle geringfügig schmaleren Strand im Westen Langeoogs über.

»Ich frage mich, was hier passiert ist«, dachte Rieke laut. »Immerhin war der Täter hier noch nicht am Ziel, oder? Er muss die Leiche von hier aus noch weiter transportiert haben. Entweder nach rechts oder links, um sie irgendwo in den Dünen zu verscharren, oder …«, Rieke blickte auf den Strand und das glitzernde Wattenmeer hinaus, »er hat einen anderen Weg gefunden.«

»Das sind doch alles nur Spekulationen«, warf Kolbe ein. »Hirngespinste. Nichts weiter. Wir haben nicht einen einzigen klaren Anhaltspunkt, sondern bestenfalls eine Reihe von Indizien. Halbgare Spuren, die unter allen möglichen Umständen entstanden sein können.«

»Hirngespinste?« Rieke wandte ihr Gesicht ihrem Kollegen zu. Sie drehte sich damit direkt in den Wind, der ihr feuerrotes Haar in Aufruhr brachte.

Kolbe seufzte. »Ich ahnte schon, dass du dich an dem Wort hochziehen würdest.«

»Ich versuche hier nur unsere Arbeit zu machen«, gab sie kühl zurück und strich sich dabei eine Strähne aus dem Gesicht.

»Schon gut«, gab Kolbe nach. »Die Schleifspur endet hier also. Es ist nicht erkennbar, wie es ab hier für Täter und Opfer weitergegangen ist. Was, denkst du, ist hier passiert?«

Rieke hatte noch immer ihre Lippen aufeinandergepresst. Erst allmählich entspannte sie sich. Die rote Farbe wich aus ihrem Gesicht.

»Ich halte es für möglich, dass der Täter die Leiche ab hier auf andere Weise transportiert hat. Vielleicht hat er den Toten einfach geschultert.«

»Und dann?« Kolbe schien nicht überzeugt. »Willst du damit sagen, dass er mit einem Toten über der Schulter auf den Strand raus ist? Mitten am Vormittag?«

»Am frühen Morgen«, verbesserte Rieke. »Das könnte schon einen nicht unerheblichen Unterschied für ihn ausgemacht haben.«

»Das ist der Kite- und Hundestrand«, gab Kolbe zu bedenken. »Da ist so gut wie immer was los. Auch morgens schon. Ich kenne inzwischen einige hier, die schon bei Sonnenaufgang ihre erste Gassirunde drehen.«

»Und wenn schon«, antwortete Rieke. »Der Tote kann sich ja schlecht in Luft aufgelöst haben, oder?« Sie ging ein paar Schritte vorwärts, weiter durch die Dünen.

»Das hier könnten Fußabdrücke sein«, sagte sie nach einer Weile und winkte ihren Kollegen zu sich heran.

Kolbe widerstand dem Impuls, mit den Augen zu rollen, und trottete Rieke hinterher.

Die Ostfriesin deutete auf leichte Vertiefungen, Mulden, die sich im Abstand von jeweils einem halben Meter zu wiederholen schienen. Allerdings war der Boden hier härter, was die Verfolgung einer möglichen Spur weitaus schwerer machte.

»Du willst also sagen, er hat seine Last durch die Dünen geschleppt, in Richtung Strand. Aber was …« Kolbe stockte. Etwas glitzerte fast genau neben ihm zwischen dem hohen Strandhafer. Er bückte sich nach dem kleinen Gegenstand und hob ihn vorsichtig auf.

»Was hast du da?«, fragte Rieke. Neugierig trat sie näher.

»Ein silbernes Feuerzeug«, antwortete Kolbe. »Hat da zwischen dem Hafer gelegen.«

Rieke Voss nahm ihm den Gegenstand mit spitzen Fingern ab. »Da ist etwas eingraviert: *Immo C.* Was immer das heißen soll.«

»Vielleicht das Werbegeschenk einer Immobilienfirma«, schlug Kolbe vor.

Die Kommissarin wog das Feuerzeug in der Hand. »Ziemlich teures Werbegeschenk, wenn du mich fragst. Es würde mich nicht wundern, wenn das echtes Silber ist.« Sie klappte den Deckel auf und schnippte das Feuerzeug an. Sofort züngelte eine blau-orange Flamme in die Höhe.

»Funktioniert tadellos«, stellte sie zufrieden fest. »Und scheint darüber hinaus noch nicht lange da gelegen zu haben.«

»Okay«, sagte Kolbe gedehnt. »Wem ist es aus der Tasche gefallen, dem Mörder oder seinem Opfer?«

»Dem Toten natürlich«, erwiderte Rieke sofort. »Vermutlich, weil er kopfüber hing.« Sie blickte wieder auf den Strand hinaus. »Er hat sein Opfer also vermutlich nicht vergraben, sondern ist mit ihm auf den Strand gegangen.«

»Und genau das glaube ich nicht«, beharrte Kolbe. »Mag sein, dass es sich bis hierhin so abgespielt hat, wie du sagst. Aber dass jemand mit einem Toten über der Schulter jede Deckung aufgibt und auf den freien Strand rausläuft, das halte ich für kompletten Unsinn. Da draußen sind auch früh morgens manchmal schon Surfer und vor allem Leute mit ihren Hunden. Ein Mann, der einen anderen mit sich herumschleppt, hätte in jedem Fall auffallen müssen.«

»Dann hat er eben eine andere Möglichkeit gefunden«, gab Rieke zu bedenken.

»Ich geb's auf«, entfuhr es Kolbe.

Ehe sie ihre Unterhaltung fortführen konnten, nahmen beide vom Süderdünenring her einen durchgehenden, leicht summenden Laut wahr, den sie im Augenblick an dieser Stelle am allerwenigsten erwartet hätten. Es war das Geräusch eines Elektrowagens, der wenige Sekunden später den Weg zum Haus einschlug und kurz davor zum Stehen kam.

Kolbe und Voss blickten sich an und setzten sich noch im selben Moment in Bewegung. Sie hasteten das kleine Stück Weg zurück, bis sie am Haus anlangten.

Was sie auf den ersten Blick erkannten, war ein Wagen, der eine größere Anzahl an Koffern und sonstigem Reisegepäck geladen hatte.

Das Haus auf Langeoog, das offenbar so lange leer gestanden hatte, schien neue Gäste zu erwarten.

Kapitel 6

Auf der Zufahrt stand der Wagen des Inselspediteurs Kim Brodersen. Die Fahrertür öffnete sich und der Inhaber selbst stieg aus. Er nahm die beiden Beamten im selben Augenblick wahr.

»Moin«, sagte er, klappte die Tür beiläufig hinter sich zu und blieb vor seinem Fahrzeug stehen. »Das ist ja mal 'ne nette Überraschung. Sie beide sind aber doch hoffentlich nicht dienstlich hier?« Er blieb breitbeinig stehen und rückte sich mit der rechten Hand seine Schiebermütze zurecht.

»Wie man's nimmt«, antwortete Kolbe ausweichend, trat auf den Inselspediteur zu und reichte ihm die Hand. Seine Kollegin Rieke tat es ihm gleich.

»Wir sind nur wegen einer Routineüberprüfung hier«, schob sie hinterher und bemühte sich, dabei ihr entzückendstes Lächeln aufzusetzen. Es verfehlte nicht seine Wirkung, denn Brodersens Blick schien in den Augen der attraktiven Ostfriesin zu versinken.

»Routine, naja«, sagte Brodersen mit einem Grinsen. »Genau wie ich, gewissermaßen.« Er deutete auf sein Fahrzeug und auf die Koffer auf der Ladefläche. Brodersen war dafür zuständig, das von den Urlaubsgästen bereits am Hafen von Bensersiel aufgegebene Gepäck bei den angegebenen Adressen auf der Insel auszuliefern, damit die Gäste eine möglichst unbeschwerte Anreise genießen konnten.

»Haben sich etwa Gäste für das Haus angemeldet?«, fragte Kolbe.

»Jau«, antwortete Brodersen, ohne seinen Blick von Rieke zu wenden. »Zwei Leute, soweit ich weiß. Ein Mann und eine Frau. Jedenfalls hab ich hier zwei Koffer und einen Rucksack abzuliefern.«

»Wissen Sie, wann mit den beiden zu rechnen ist?«, fragte Rieke.

Der Spediteur schüttelte den Kopf. »Keine Ahnung. Geht mich auch nichts an. Ich bin immer froh, wenn ich vor den Leuten da gewesen bin, dann gibt es weniger Ärger. Allerdings auch weniger Trinkgeld.« Sein Grinsen wurde breiter.

»Sie haben es doch bestimmt wie immer eilig, oder?«, fragte Kolbe.

»Hm? Was?« Sein Gegenüber schien sich nur widerwillig von der jungen Kommissarin lösen zu wollen. Plötzlich zuckte er leicht zusammen. »Ja, na sicher. Ich habe noch einiges auszuliefern.« Er tippte sich an den Rand seiner Mütze und wandte sich dem Wagen zu. Zielsicher griff er nach zwei Koffern, wuchtete sie heraus und stellte sie am Dachunterstand neben der Haustür ab. Mit dem großen Rucksack verfuhr er ebenso.

»Also dann, moin zusammen«, sagte er, als er sich wieder hinter das Steuer seines Wagens klemmte.

Kolbe und Voss sahen zu, wie der Elektrokarren auf dem Platz vor dem Haus einen Halbkreis beschrieb und sich schließlich über den Strandjepad entfernte.

»Na, dann wollen wir doch mal sehen, wer sich ausgerechnet heute hier angemeldet hat«, sagte Kolbe und steuerte auf den Hauseingang zu.

Rieke Voss ging neben ihm her. »Woher auf einmal dieser Eifer? Kommt es dir vielleicht auch etwas seltsam vor?«

»Reine berufliche Neugier, weiter nichts«, flachste Kolbe, trat auf das abgestellte Gepäck zu und besah sich die beschrifteten Anhängeschilder aus Kunststoff.

»Frau Marieke Calwey und ein gewisser Joost Jessen.«

Rieke ließ ihren Blick über die Gepäckstücke wandern. »Sieht jedenfalls ganz normal aus. Vielleicht sollten wir uns auch eher darum kümmern, wem das Haus eigentlich gehört.«

»Kein schlechter Gedanke«, antwortete Kolbe. »Derjenige sollte sicher auch einen Überblick darüber haben, wie viele Schlüssel existieren. Denn entweder der Mörder oder das Opfer … einer von beiden muss schließlich einen gehabt haben, richtig?«

»Richtig«, antwortete Rieke und zwinkerte ihrem Kollegen zu. Sie registrierte, dass Kolbe offenbar nach und nach auf ihren Zug aufsprang.

Was aber, wenn sie tatsächlich nur irgendwelchen Phantomen nachjagten? Immerhin musste sie Kolbe insgeheim recht geben, dass sie herzlich wenig in der Hand hatten. Und doch …

wenn man alle Puzzleteile zusammensetzte, kristallisierte sich langsam ein gewisses Bild heraus. Aber noch war es verschwommen und wehrte sich beinahe, sich gänzlich enthüllen zu lassen.

»Was machen wir eigentlich mit dem Haus?«, fragte Rieke. »Sollen wir ein Team der Spurensicherung anfordern?«

Kolbe schüttelte den Kopf. »Ich glaube nicht, dass wir das bei der Chefin durchkriegen. Nicht bei der Ausgangssituation. Keine offensichtlichen Spuren und, was noch schwerer wiegt: keine Leiche. Außerdem besteht die Gefahr, dass die beiden Reinigungsfrauen das Wenige an Spuren, was vielleicht noch da gewesen ist, mit ihren Wischmobs und Reinigungsmitteln für immer zunichtegemacht haben.«

In diesem Augenblick näherten sich zwei Fahrräder über den Süderdünenring. Ein junger Mann mit kurzem blondem Haar fuhr vorneweg. Ihm folgte in zwei oder drei Metern Abstand eine brünette Frau, die versuchte, ihr ansonsten offenes Haar mit einem dunkelroten Reif zu bändigen. Ihre Jacke war geöffnet und wurde vom Fahrtwind aufgebauscht.

Beide steuerten das abgelegene Haus an. Sie ließen ihre Räder an der Stelle ausrollen, an der vor wenigen Minuten erst der Spediteur gehalten hatte.

»Sieh mal an«, raunte Kolbe, »da kommen unsere Gäste.«

Der blonde Mann, bei dem es sich laut Gepäckanhänger um Joost Jessen handeln musste, stieg von seinem Rad und stellte es auf den Ständer. Mit seinem Handrücken wischte er sich einen dünnen Schweißfilm von der Stirn.

Er hatte die beiden Beamten bereits gesehen, wartete jedoch mit einer Reaktion, bis seine Begleiterin an seine Seite getreten war.

Die beiden Inselkommissare setzten sich in Bewegung.

»Moin«, grüßte Kolbe und übernahm die Aufgabe, sich und seine Kollegin den beiden anderen vorzustellen.

»Nanu?«, fragte Jessen, der leicht gegen die Sonne blinzelte. »Ist was passiert? Gab es Ärger mit unserem Gepäck oder so?«

»Nein, alles in Ordnung«, beeilte sich Rieke zu versichern. »Mein Kollege und ich befinden uns nur gerade auf unserem

Inselrundgang. Wir haben uns gerade noch etwas mit dem Spediteur unterhalten.«

»Ah«, gab der andere zurück. Die Frau an seiner Seite strich sich ihr Haar zurecht. Sie war auffallend geschminkt, wie Kolbe fand. Sie hatte eine schlanke Figur, war vielleicht in etwa Mitte vierzig. Um ihre Augen herum zeigten sich erste kleine Fältchen, die ihrem Gesicht jedoch mehr Tiefe und Charakter verliehen. Die Brauen waren sorgsam gezupft, die Haut glatt und beinahe makellos. Eine Sonnenbrille steckte unterhalb des Reifs in ihrem Haar. Das Licht spiegelte sich darin.

»Frau Calwey und Herr Jessen, richtig?«, hakte Rieke nach.

Die Frau trat einen Schritt vor und musterte die Kommissarin lange und aufmerksam.

»Das ist richtig«, antwortete sie. Ihre Stimme klang dunkel und warm. »Wir sind vor einer halben Stunde mit der Fähre angekommen.«

»Für die Badesaison kommen Sie ein wenig spät«, sagte Kolbe mit einem gewinnenden Lächeln. »Die ist vor ein paar Wochen schon zu Ende gegangen.«

»Das stört uns nicht«, antwortete Jessen lachend. »Meine Verlobte und ich sind keine typischen Strand- oder Badetouristen. Für uns kann das Wetter auch gerne schon etwas rauer sein. Hauptsache, wir finden hier ein paar Tage Erholung.«

»Bleiben Sie für länger?«, wollte Rieke wissen.

»Eine Woche«, gab Jessen zurück.

»Sie haben Ihren Hausschlüssel schon ausgehändigt bekommen, nehme ich an?«

Der Blonde langte in die rechte Tasche seiner Jeans und zog einen Anhänger hervor, an dem ein einsamer Schlüssel baumelte. »Hier ist er. Ich muss allerdings sagen, es ist schon etwas ungewöhnlich, bei der Ankunft auf der Insel direkt von der Polizei empfangen zu werden.«

»Vielleicht ist ja doch etwas vorgefallen?«, schob Marieke Calwey hinterher.

Rieke Voss wiegelte ab. »Machen Sie sich keine Gedanken. Wir sind auch schon fast wieder weg. Darf ich fragen, über welchen Weg Sie dieses Haus gemietet haben? Ich frage nur deshalb, weil es nach unseren Informationen ziemlich lange unbewohnt war.«

»Das Haus gehört meinem Bruder«, antwortete Marieke leicht unterkühlt. »Ich habe ihn vor ein paar Tagen einfach angerufen und gefragt, ob das Haus für diese Woche noch frei ist.«

»Das würde erklären, warum die Reinigungsfirma heute früh schon hier war«, bemerkte Kolbe und nickte dabei. »Naja, dann wollen wir mal nicht länger stören. Herzlich willkommen hier auf der Insel und einen schönen Urlaub für Sie.«

»Danke«, gab Marieke zurück.

Kolbe wollte sich bereits abwenden, als ihm plötzlich noch etwas einfiel: »Könnten Sie mir vielleicht sagen, wo und wie ich Ihren Bruder erreichen kann? Es geht nur um ein paar Routinefragen, das Haus betreffend.«

Marieke Calwey sah den Kommissar für ein paar Sekunden lang wortlos an. Dann nickte sie. »Ich kann Ihnen seine Nummer aufschreiben.« Sie streckte ihre rechte Hand nach ihrem Begleiter aus. Nur kurz darauf hielt sie einen kleinen Notizzettel und einen Kugelschreiber in der Hand. Sie kritzelte zwei oder drei Zeilen darauf und überreichte das Ergebnis dem Polizisten.

Kolbe hielt den Zettel in Händen und versuchte, die geschwungene Schrift zu entziffern. »Calwey«, las er und wiederholte zur Sicherheit die Telefonnummer.

»Es ist die Nummer seiner Wohnung in Oldenburg«, erklärte Marieke. »Mein Bruder leitet dort unser Familienunternehmen.«

»Verstehe«, gab Kolbe zurück. »Und wie lautet sein Vorname? Sie haben ihn hier nur abgekürzt.«

Marieke zog sich die Sonnenbrille herunter und setzte sie auf. Fast war es, als schien hinter den Gläsern etwas zu funkeln. »Das I steht für Immo, Herr Kommissar.«

Kapitel 7

Es ging auf den Nachmittag zu. Da Enno Dietz inzwischen in der Dienststelle eingetroffen und es außergewöhnlich ruhig war, nutzte Kolbe die Gelegenheit, um kurz zu Hause im Polderweg vorbeizuschauen.

Vor dem Haus traf er auf Bente Franzen, seine Vermieterin. Nun, im Grunde war sie inzwischen sehr viel mehr als das, immerhin hatten sie vor einiger Zeit die Nacht zusammen verbracht, doch Kolbe scheute sich noch davor, mehr zu wollen. Und ihr schien es ebenso zu gehen. Sie waren wie zwei schüchterne Teenager, bei denen niemand es wagte, einen Schritt weiter zu gehen, weil sie befürchteten, dass dieser bereits ein Schritt zu viel sein könnte.

Bente Franzen hatte gerade ihr Fahrrad vor dem Haus abgestellt. Im Gepäckträger klemmte ein prall gefüllter Einkaufskorb.

»Lass mich den tragen«, sagte Kolbe und wartete ihre Antwort gar nicht erst ab. Er trug den Korb in die Küche.

»Wie kommt es, dass du tagsüber hier hereinschneist?«, fragte sie mit einem leisen Lächeln. »Gibt es nichts mehr zu tun? Kein Unrecht mehr auf Langeoog?«

Kolbe lächelte milde. »Es ist im Moment tatsächlich wenig zu tun. Enno hält die Stellung und Rieke ist wegen einer Befragung aufs Festland gefahren.«

Die junge Witwe mit dem kastanienfarbenen Haar begann damit, ihre Einkäufe aus dem Korb im Kühlschrank zu verstauen. Sie hielt in ihrer Bewegung inne, in jeder Hand eine Flasche Milch.

»Wie geht es ihr nach ihrem Verlust?«

Sie sprach damit auf den tragischen Tod des Mannes an, den Langeoog unter dem Namen Harm Uthoff kennengelernt hatte. Rieke Voss hatte sich in den neuen Inhaber der Kunstgalerie verliebt, bald darauf waren die beiden ein Paar gewesen.

»Sie lässt sich nichts anmerken, vermeidet es aber auch, darüber zu sprechen. Es ist so eine Art stille Vereinbarung zwischen uns.«

Bente nickte und stellte die Flaschen weg. Sie schloss die Tür des Kühlschranks und lehnte sich mit dem Rücken dagegen, ihre Arme hinter dem Rücken verschränkt.

»Und du?«, fragte sie. »Wie geht es dir inzwischen?«

Kolbes Mundwinkel sackten herab. »Ich …«

»Ich weiß, du sprichst nicht gerne über Harm Uthoff, weil er dein Halbbruder war. Und auch nicht über die Sache mit deiner Mutter. Aber kein Mensch kann immer nur alles in sich hineinfressen, Gerret. Auch du brauchst sowas wie ein Ventil. Einen Menschen, dem du vertraust. Jemandem, mit dem du reden kannst. Über alles.«

»Ich weiß«, gab Kolbe zurück.

Ein leises Lächeln huschte über ihr Gesicht und erfüllte ihre dunklen Augen für einen kostbaren Moment mit einem leuchtenden Glanz.

»Falls du es noch nicht bemerkt haben solltest: Dieser Mensch steht hier, genau vor dir.«

Kolbe senkte den Blick. Dann gab er sich, gab sich etwas in ihm einen Ruck, und er trat zwei Schritte auf sie zu.

Sie hob ihren Kopf an, sah leicht zu ihm auf.

Kolbe nahm ihren Duft wahr, der für ihn immer etwas Einzigartiges war. Etwas, das er wider seine Natur nicht ergründen wollte, weil er befürchtete, es könne seinen Zauber verlieren.

»Und wie steht es mit Ihnen, Frau Franzen?«, fragte er leise, scherzhaft, mit einem Zucken um die Mundwinkel. »Haben Sie nicht auch so Ihre kleinen Geheimnisse, die Sie mit niemandem teilen?«

Ihr Lächeln erstarb. »Lass das«, sagte sie so leise, dass ihre Stimme kaum zu hören war.

Kolbe beugte seinen Oberkörper nach vorne und stützte sich mit beiden Händen an der Kühlschranktür ab, sodass sie zwischen seinen Armen gefangen war.

»Nö«, gab Kolbe zurück. »Ich lasse es nicht. Denn genauso, wie du mir helfen willst, versuche ich, dir zu helfen. Aber ich komme immer nur bis zu einem bestimmten Punkt. Bis zu einer verschlossenen Tür. Und du bist die einzige Person, die den Schlüssel hat. Irgendwo da drin.« Kolbe deutete mit der Spitze seines Kinns auf ihre Herzgegend.

»Na, so ein Blödsinn«, presste sie hervor. Feine Schweißperlen bildeten sich unterhalb ihres Haaransatzes auf der Stirn.

»Ich weiß, dass du von Zeit zu Zeit Briefe bekommst, die keiner sehen soll. An manchen Tagen lässt du alles stehen und liegen, um sie zu verbrennen, bevor ich die Treppe herunterkomme oder das Haus betrete. Ich wette, nicht einmal der Professor weiß davon.«

Kolbe deutete nach oben, wo Otto Ladengast, Bentes langjähriger Mieter, ein Zimmer bewohnte.

»Manchmal gibt es eben Dinge, die nicht für die Öffentlichkeit bestimmt sind«, entgegnete sie. Sie sprach beinahe, ohne ihre Lippen dabei zu bewegen.

»Schön«, sagte Kolbe. »Ich hoffe nur, du weihst mich irgendwann ein, bevor dir diese Dinge über den Kopf wachsen.«

»Keine Sorge«, antwortete sie. »Wenn es so weit ist, weiß ich ja wohl, wo ich dich finde.« Mit einer flinken Bewegung tauchte sie unter seinem rechten Arm weg.

Kolbe wollte ihren Arm greifen, verfehlte ihn jedoch um wenige Millimeter.

Lächelnd fragte er: »Ist der Professor da oder macht er gerade die Insel unsicher?«

Bente Franzen fuhr damit fort, ihren Korb zu entleeren. »Nein, er ist in seinem Zimmer. Zumindest war er es, als ich vor einer Stunde losgefahren bin. Ich glaube, er wollte an einer seiner Zeitungskolumnen arbeiten.«

»Ich werde mal zu ihm raufsehen«, entschied Kolbe. Er warf Bente einen langen Blick zu, doch sie ignorierte ihn.

Der Kommissar zuckte mit den Schultern und hastete kurz darauf die Treppe nach oben.

Vor Ladengasts Tür blieb er stehen. Sie war verschlossen, was ungewöhnlich war. Zumeist stand sie einen Spaltbreit offen, sodass man den Alten in seinem Sessel oder auf dem Stuhl vor seiner elektrischen Schreibmaschine sitzen sehen konnte.

Kolbe klopfte leise an, erhielt jedoch keine Antwort. Er beugte sich leicht nach vorne. Kein Tastengeklapper hinter der Tür. Aus dem Zimmer war kein einziger Laut zu hören.

»Professor?«

Der Kommissar drückte vorsichtig die Klinke herunter. Die Tür war nicht abgeschlossen. Leise knarrend schwang sie nach innen auf.

Ladengast hockte auf seinem Stuhl hinter dem überfüllten Schreibtisch. Sein Kinn war leicht auf die magere Brust gesunken. Eine winzige randlose Brille saß auf dem äußeren Rand seiner Nasenspitze und drohte jeden Augenblick, herunterzurutschen.

»Professor?« Kolbe trat vorsichtig einen Schritt näher. Ein Dielenbrett knarrte leise unter seinem Absatz.

Ladengast öffnete die Augen, erblickte den Kommissar und lächelte flüchtig.

»Wie spät haben wir es?«

»Gleich vierzehn Uhr«, antwortete Kolbe mechanisch.

»Tatsächlich? Dann habe ich ja fast eine Stunde geschlafen. Na, meine Halswirbel werden's mir danken.«

Ladengast bog seinen Rücken durch. Er nahm einen geöffneten Brief von der Tastatur der Schreibmaschine, faltete ihn zusammen und ließ ihn in einer erstaunlich schnellen Bewegung in der halb geöffneten Schreibtischschublade neben sich verschwinden.

»Was kann ich denn für Sie tun, mein Lieber?«, fragte der Alte, während er die Schublade langsam, fast zärtlich und ohne das geringste Geräusch zuschob. Für einen Moment schien der Alte zu überlegen, auch noch den kleinen silbernen Schlüssel darin umzudrehen, entschied sich dann jedoch dagegen. Erwartungsvoll blickte er seinen Zimmernachbarn an.

Kolbe war irritiert. Erhielt Ladengast nun neuerdings auch Briefe, die geheim gehalten und eingeschlossen werden mussten? Was war in diesem Haus eigentlich los? Kolbe hatte nicht zum ersten Mal das Gefühl, dass Bente Franzen und Otto Ladengast irgendein Geheimnis hüteten. Entweder gemeinsam oder jeder für sich, jedenfalls wurde der Kommissar daraus nicht schlau. Er spürte dabei nur jedes Mal ein leicht ungutes Gefühl in seinen Eingeweiden, so als ob sich irgendwo, zwar noch in weiter Ferne, aber dennoch unaufhaltsam, ein neues Unwetter über ihren Köpfen zusammenbraute. Ein ähnliches Gefühl hatte Kolbe bei der Sache um Harm Uthoff gehabt. Das hatte ihm gereicht.

Er bemühte sich, diese Gedanken bis auf Weiteres beiseitezuschieben.

»Ich wollte Sie fragen, ob Sie einen Mann namens Immo Calwey kennen.«

Ladengast nahm seine Brille ab, ehe sie ganz herunterfallen konnte. Er behielt sie in der rechten Hand und kaute nachdenklich auf einem der Bügelenden herum.

»Calwey«, wiederholte er mit halb geschlossenen Augenlidern und ließ sich dabei die Silben auf der Zunge zergehen. Ein Gedanke schien ihn heimzusuchen. »Hatte ich nicht mal einen Mobilfunkanbieter, der so hieß?«

»Sie meinen vermutlich Cellway«, gab Kolbe zurück. »Die gibt's schon lange nicht mehr.«

»Richtig«, antwortete Ladengast. »Man kommt da gar nicht mehr hinterher, nicht wahr? Alles verändert sich. Pausenlos sind wir irgendwelchen Veränderungen unterlegen. Auf der anderen Seite ist das wohl auch gut so, denn es muss sich zwangsläufig etwas ändern, wenn wir noch eine Weile weiterexistieren wollen.«

»Um nochmal auf mein Anliegen zurückzukommen …«, sagte Kolbe vorsichtig.

»Calwey«, fiel ihm Ladengast ins Wort. »Immo Calwey. Ja, ich kenne den Namen. Ist Unternehmer, glaube ich. In Oldenburg. Oder war es Osnabrück?«

»Oldenburg«, warf Kolbe ein.

Ladengast nickte. »Hat ein kleines Häuschen hier auf der Insel. Ich kannte mal einen der Mieter. Kam jedes Jahr her. Zuerst allein, dann mit seiner Frau, dann mit Frau und den Drillingen. Danach ist ihm das Häuschen wohl zu klein geworden. War ein interessanter Mensch. Ich habe mich oft gefragt, was aus ihm geworden ist.«

»Vielleicht das Oberhaupt einer Großfamilie«, schlug Kolbe vor.

»Diesen Calwey habe ich allerdings nie zu Gesicht bekommen«, fuhr der Professor unbeirrt fort. »Vielleicht lag ihm nichts an Langeoog. Soll's ja geben, solche Leute, obwohl mir die immer ein wenig suspekt sind. Ich meine, was gibt es denn auszusetzen an gesunder Luft, Sonne, Strand und Meer?«

»Gar nichts.« Kolbe zuckte mit den Schultern.

Der Professor stach mit seinem ausgestreckten Zeigefinger in die Luft. »Eben! Und genau das hat mir den Mann suspekt gemacht. Aber ich vermute, dass er das Ferienhaus nicht selbst erworben, sondern höchstwahrscheinlich geerbt hat. Es stand lange leer, habe ich recht?«

»Bis heute«, antwortete Kolbe. »Vor etwas mehr als einer Stunde sind neue Gäste gekommen.«

»Ach was. Sieh mal einer an.« Ladengast beugte sich auf seinem Stuhl nach vorne. »Was sind das für Leute, wenn ich fragen darf?«

»Marieke Calwey, die Schwester des Eigentümers. Und ein Mann namens Joost Jessen. Die beiden sind ein Paar.«

Der Alte entspannte sich. Hatte er etwas anderes erwartet?

»Und was ist der Anlass dieses Besuchs?«

»Ich weiß es nicht«, antwortete Kolbe wahrheitsgemäß.

»Klingt für mich irgendwie seltsam«, sinnierte der Professor. »Langeoog ist zwar immer einen Besuch wert, aber die eigentliche Saison ist doch so ziemlich vorbei. Vielleicht gibt es etwas zu besprechen? Wer weiß, vielleicht kommt Immo Cellway … Calwey meine ich … selbst her?«

»Rieke Voss ist gerade auf dem Weg zu ihm«, erklärte Kolbe.

Sein Zimmernachbar blinzelte interessiert. »Ach ja? Mein lieber Kommissar, da ist doch etwas im Busch, wenn Sie mich so fragen. Was ist es?«

»Eine Reinigungskraft glaubt, heute Morgen einen Toten in dem Haus gesehen zu haben.«

Ladengast hielt inne, nickte zweimal und stieß einen leisen Pfiff aus. »Einen Toten. Was ist mit dem passiert?«

»Er ist verschwunden«, antwortete Kolbe.

»Einfach so?«, fragte Ladengast lächelnd. Er hob seine Arme und vollführte mit den Händen flatternde Bewegungen. »Zum Fenster raus, was?«

»Möglicherweise hat es sich genauso abgespielt«, antwortete Kolbe. »Nur, dass der Tote nicht geflogen ist.«

»Und jetzt wollen Sie wissen, was es mit dem Haus auf sich hat. Und mit den Leuten, die dort verkehren. Ich verstehe. Sehr interessant, mein Lieber. Außerordentlich interessant. Aber ich fürchte, ich kann Ihnen in dieser Sache nicht weiterhelfen. Ich habe nämlich …« Der Professor stockte.

»Eigene Sorgen?«, fragte Kolbe. Er versuchte, seine Worte scherzhaft klingen zu lassen.

»Noch zu tun«, ergänzte Ladengast ungewohnt ernst. Er deutete auf das eingespannte Blatt in seiner Schreibmaschine. »Ich schreibe gerade an einer Kolumne für eine neue Zeitschrift, die noch vor Weihnachten erscheinen soll.«

»Wenn das so ist, will ich Sie nicht länger aufhalten«, sagte Kolbe und wandte sich zum Gehen.

»Professor? Sie sind sicher, dass alles in Ordnung ist?«

»Aber ja doch«, antwortete der Alte in heiterem Tonfall, der seine gesamte Liebenswürdigkeit ausspielte. »Sehen Sie mich an. Was sollte denn bei mir nicht in Ordnung sein?«

Kolbe verließ das Zimmer mit gemischten Gefühlen und zog hinter sich die Tür zu. Noch im oberen Flur hörte er das emsige Klappern der Schreibmaschine.

Trotzdem konnte er sich des Gefühls nicht erwehren, dass hier irgendetwas nicht so war, wie es sein sollte.

Kapitel 8

Es war einer der seltenen Einsätze, die die Kommissarin Rieke Voss auf das Festland führten.

Vor ihr lag Oldenburg. Am Hafen von Bensersiel hatte sie vor einer knappen Stunde einen Mietwagen genommen und die Route eingestellt. Laut Navigationsgerät sollte sie ihr Ziel in sechs Minuten erreichen.

Sie verließ das Zentrum, wurde über eine Ausfallstraße Richtung östlichem Stadtrand und ein Stück weit darüber hinaus gelotst. Die Calwey-Villa lag außerhalb, in der Nähe eines kleinen Bachlaufs, von viel Grün umgeben. Die nächsten Häuser befanden sich erst am Ende der Straße.

Die Kommissarin ließ den Wagen vor einem Jägerzaun ausrollen und stieg aus. Der Wind hatte aufgefrischt, es sah nach Regen aus. In der Ferne war das dumpfe Grollen eines aufziehenden Gewitters zu hören.

Rieke trat durch einen kleinen gemauerten Torbogen, hinter dem ein gekiester Weg auf das Haus zuführte. Links und rechts befanden sich Rasenflächen, immer wieder durchbrochen von großen Rhododendrongewächsen. In westlicher Richtung schirmte eine hochgewachsene Lorbeerhecke das Anwesen gegen das Nachbargrundstück ab.

Bei der Villa selbst handelte es sich um einen dreistöckigen, sandfarbenen Klinkerbau, aus dessen schwarzem Schindeldach zwei gemauerte Schornsteine ragten.

Rieke Voss trat auf die Haustür zu und läutete. Währenddessen zogen dunkle Wolken auf. Der Wind fegte das erste welke Herbstlaub die Straße hinunter. Rieke hörte nebenan den Bach plätschern, was sie daran erinnerte, dass sie auf der Insel noch einmal die Toilette hatte aufsuchen wollen.

Im Haus rührte sich nichts. Was seltsam war, da Rieke ihren Besuch durch Enno Dietz telefonisch hatte ankündigen lassen. Sie betätigte noch einmal den Klingelknopf. Kurz darauf schien sich etwas zu rühren. Sie hörte irgendwo im Haus eine Tür zufallen. Schritte näherten sich über eine Treppe. Die Kommissarin erkannte durch das verglaste Element neben der

Haustür einen Fetzen Hosenbein. Gleich darauf wurde ein Schlüssel im Schloss herumgedreht und die Tür geöffnet.

Ein schlanker, adrett wirkender Mann von etwa fünfzig Jahren stand im Türrahmen und blickte sie durch eine schwarze Hornbrille an. »Frau Kommissarin Voss?«

»Das bin ich«, antwortete Rieke mit einem Lächeln.

»Mein Name ist Immo Calwey. Bitte … kommen Sie doch herein.«

Der Hauseigentümer vollführte eine einladende Geste und trat einen Schritt beiseite.

Die Kommissarin nickte dankbar. Die Diele des Hauses war geräumig, wenn nicht gar riesig. Die hohen Wände waren mit altmodischem Stuck verziert. Im Kontrast dazu standen die breiten verglasten Schwarzweißdrucke, die an verschiedenen Stellen angebracht waren und durch Strahler an der Decke geschickt in Szene gesetzt wurden.

»Ich habe Licht gemacht, wie Sie sehen«, sagte Calwey, nachdem er die Tür hinter der Kommissarin geschlossen hatte.

»Es zieht ein Gewitter auf«, antwortete Rieke. »Wenn ich Pech habe, erwischt es mich auf dem Rückweg.« Na toll, dachte sie, kaum dass sie das Haus betreten hatte, redete sie mit ihm bereits über das Wetter.

»Bitte treten Sie näher«, sagte Calwey und bedeutete ihr, ihm zu folgen. Sie passierten einen runden, gemauerten Durchgang und gelangten in einen Wohnraum, der mit seiner Fläche offenbar einen Großteil des Erdgeschosses ausmachte.

Der Raum wurde dominiert von zwei großen, lederbezogenen Sofas und zwei wuchtigen Sesseln, von denen der eine auf einen gigantischen, an der Wand montierten Flachbildfernseher ausgerichtet war. In den Ecken befanden sich afrikanisch anmutende Skulpturen. Giraffen, Speere, bemalte Schilde.

Auch in diesem Raum herrschte Dunkelheit, was nur zum Teil am Wetter lag. Die grauen Stahljalousien waren zu zwei Dritteln heruntergelassen und ließen nur einen Streifen mattgrauer Helligkeit ein, der auf die mit teuren Teppichen ausgelegten Marmorfliesen fiel.

»Bitte nehmen Sie doch Platz«, sagte Calwey und deutete auf eines der Sofas. »Möchten Sie vielleicht etwas trinken?«

»Ein Glas Wasser wäre gut«, antwortete Rieke und schickte ein leicht beschämtes Lächeln hinterher. »Und wenn ich vielleicht Ihre Toilette benutzen dürfte?«

Calwey stutzte kurz, hielt mitten in seiner Bewegung inne. »Aber natürlich. Gehen Sie einfach durch die Diele zurück und dann geradeaus. Sie finden das Bad auf der linken Seite des Korridors. Die zweite Tür.«

»Vielen Dank«, antwortete Rieke und wandte sich ab. Sie war bereits in der Diele, als ein Geräusch sie veranlasste, noch einmal zum Durchgang zurückzukehren.

Calwey stand vor einem breiten Hängeschrank. Er hatte ihr den Rücken zugedreht und probierte mehrere Türen aus, die er alle nacheinander wieder schloss. Erst ganz auf der rechten Seite schien er das gefunden zu haben, wonach er suchte: ein einfaches Whiskyglas. Er nahm es heraus und begutachtete es kurz, als würde er prüfen, ob es auch wirklich geeignet sei.

Leise wandte Rieke sich von der Szene ab und suchte das Badezimmer auf. Sie schloss hinter sich ab und schüttelte sofort den Kopf über die prunkvolle Einrichtung.

Eine große, runde Badewanne, in die drei helle Stufen hinunterführten. Eine Duschecke, gegenüber ein Bidet und zwei Pissoirs. Dazwischen Grünpflanzen auf Hockern, an der Wand ein beleuchteter Spiegel mit ausufernden Ausmaßen. Direkt darunter ein Waschbecken, in dem man ein Kalb hätte ertränken können.

Die Kommissarin erledigte rasch, weshalb sie hierhergekommen war, und wusch sich ausgiebig die Hände. Ihr Blick streifte einen gläsernen Hängeschrank. Sie öffnete ihn, nachdem sie sich ihre Hände in einem flauschigen Handtuch abgetrocknet hatte.

Rasierzeug für Trocken- und Nassrasur. Mehrere noch originalverpackte Zahnbürsten und -cremes. Dazu drei Päckchen Handseife und eine angebrochene Flasche Herrenduft. Rieke konnte nicht umhin, daran zu schnuppern, und wünschte sofort, sie hätte es nicht getan. Es war exakt die gleiche Marke, die auch Harm benutzt hatte. Das Einatmen des Dufts sorgte bei Rieke für eine Art Explosion in ihrem Gehirn, verbunden mit Hunderten von Erinnerungen, die alle gleichzeitig auf sie einprasselten. Rasch klappte sie den Schrank zu und verließ das Bad.

Zurück im Wohnzimmer erwartete sie Calwey bereits mit dem Glas Wasser, das er in diesem Augenblick auf einem kleinen Beistelltisch zwischen Sessel und Sofa drapierte. Er wartete, bis Rieke Platz genommen hatte, und ließ sich dann auf das gegenüberliegende Sofa sinken.

»Was genau führt Sie denn nun eigentlich zu mir?«, fragte er, nachdem er eine angenehme Sitzposition gefunden hatte.

Rieke nahm einen Schluck Wasser. Als sie das Glas wieder abstellte, antwortete sie: »Es geht um Ihr Haus auf Langeoog.«

Calwey sah sie aufmerksam durch seine Brille an. Sein dunkles Haar war an den Schläfen leicht ergraut. Die Gesichtshaut und auch seine Hände waren von der Sonne gebräunt. Er gab alles in allem eine äußerst stattliche Erscheinung ab. Lediglich sein Anzug wirkte ein wenig altmodisch, was sicher am Schnitt lag, überlegte Rieke. Ihr wurde plötzlich bewusst, dass Calwey offenbar noch immer darauf wartete, dass sie ihre Aussage näher ausführte.

»Haben Sie der Reinigungsfirma *Sauber und Blank GmbH* einen Auftrag zur Grundreinigung des Hauses erteilt?«

»Ja, das habe ich«, antwortete Calwey, ohne zu zögern. »Vor einiger Zeit bereits. Es hat länger leer gestanden, und ich wollte, dass nochmal jemand danach sieht, bevor die nächsten Gäste eintreffen. Sie wissen schon: Staub wischen, saugen, die Heizung anstellen und was sonst noch so zu tun ist.«

»Ich verstehe«, antwortete die Kommissarin.

»Darf ich fragen, warum Sie das interessiert? Ich hatte es bereits Ihren Kollegen am Telefon gefragt, aber ich hatte so das Gefühl, als wolle der junge Mann nicht gern mit der Wahrheit heraus.«

»Das ist meine Schuld«, räumte Rieke ein. »Es ist so, dass ich es Ihnen lieber persönlich sagen wollte. Es hat nämlich heute in den frühen Morgenstunden eine Art Zwischenfall gegeben.«

»Ein Zwischenfall? In meinem Haus?«

»Eine der beiden Reinigungskräfte will einen Toten in einem der beiden Schlafzimmer gesehen haben.«

Calwey rückte seine Brille gerade und ließ seine Hand langsam sinken. »Was? Einen Toten? Aber wie soll denn … ein Toter in das Haus gelangt sein?«

»Das wissen wir leider noch nicht genau«, antwortete die Kommissarin.

»Ja, und wer … wer ist denn dieser Tote überhaupt?«

Rieke rutschte auf dem Sofa leicht hin und her. »Das wissen wir leider auch nicht. Der Mann ist nämlich verschwunden.«

»Aber dass es ein Mann war, wissen Sie immerhin?«

»Ja. Wir wissen es anhand der Aussage der Zeugin.«

Calwey lehnte sich zurück. Das Leder knirschte leise unter seinem Gewicht. »Verzeihen Sie mir bitte meinen leichten Spott von gerade eben. Wie kommt denn nun diese Frau dazu, so etwas zu behaupten? Oder gibt es etwa eindeutige Hinweise, dass sie recht haben könnte? Hinweise auf einen Mord in dem Haus?«

»Die Zeugin ist sich sicher, einen toten Mann gesehen zu haben. Nur leider hat sie direkt darauf das Bewusstsein verloren. Als sie wieder zu sich kam und sie und ihre Kollegin die Zimmertür öffneten, war die Leiche verschwunden.«

Für einen kurzen Augenblick herrschte absolute Stille in dem großen Raum.

Plötzlich stieß Calwey ein leises Lachen aus. Er saß vornübergebeugt da, hatte mit drei Fingern seine Nasenwurzel erfasst und schüttelte mehrfach mit geschlossenen Augen den Kopf.

Rieke ließ ihn gewähren. Sie hatte sogar Verständnis für seine Reaktion, denn immerhin war die Geschichte, die sie ihm da gerade aufgetischt hatte, alles andere als glaubwürdig. Sie war auf eine für die Kommissarin unangenehme Weise grotesk. Sie wusste es. Der Hausherr wusste es ebenfalls.

Calwey setzte sich gerade und blickte die Beamtin ernst an. »Verzeihen Sie meinen kleinen Ausbruch, aber … Sie werden den Worten dieser Frau doch keinen Glauben schenken, oder?«

Rieke zuckte mit den Schultern. »Wir sind verpflichtet, ihrer Aussage nachzugehen.«

Er hob beschwichtigend die Hände. »Oh, das verstehe ich. Das verstehe ich absolut. Aber das war nicht meine Frage.«

»Es geht nicht darum, ob mein Kollege und ich der Zeugin glauben«, erklärte Rieke offiziell. »Wir gehen lediglich Hinweisen und möglichen Spuren nach.«

»Und die führen Sie zu mir. Natürlich, mir gehört ja das Haus.«

»Wann sind Sie zuletzt da gewesen, Herr Calwey?«, fragte Rieke.

Der Angesprochene blickte an seiner Besucherin vorbei, legte seinen Kopf dabei leicht in den Nacken. »Oh, das ist lange her. Ziemlich lange. Jedenfalls so lange, dass ich es schon gar nicht mehr weiß.«

»Vielleicht können Sie es ungefähr einschätzen?«

»Zwei Jahre, vielleicht drei. Wie gesagt, ich weiß es leider wirklich nicht mehr genau. Ich mache mir nicht so viel aus diesem Ferienhaus, wissen Sie? Außerdem war und bin ich zu sehr mit der Leitung unseres Unternehmens beschäftigt.«

»Eine große Firma?«, fragte Rieke.

»Wir stellen Zubehörteile für Windkraftanlagen her«, erklärte Calwey. »Das Unternehmen beschäftigt alles in allem in unseren beiden Werken etwas mehr als dreihundert Angestellte.«

Die Kommissarin nickte anerkennend. »Es erfordert sicher viel Einsatz und Zeit, ein solches Unternehmen zu leiten. Ist Ihre Schwester Marieke auch daran beteiligt?«

Seine Mundwinkel zuckten spöttisch. »Nein. Meine Schwester hat mit derlei Dingen nichts im Sinn, sie hat die Leitung der Firma schon früh mir überlassen. Dennoch hält sie einen Teil der Firmenanteile und lässt sich gelegentlich entsprechende Summen auszahlen. Für Schmuck, Kreuzfahrten und Liebhaber.«

»Herr Calwey, wer besitzt alles einen Schlüssel zu dem Haus auf Langeoog?«

Ihr Gegenüber faltete die Hände auseinander. »Eine gute Frage. Ich selbst müsste noch einen hierhaben. Dann natürlich die Reinigungsfirma, bei der ich vor Jahren mal einen Schlüssel deponiert hatte. Ein weiterer liegt beim Touristikbüro. Ich habe die Verwaltung des Hauses in deren Hände gelegt. Gegen entsprechendes Entgelt, versteht sich. So muss ich mich nicht darum kümmern. Es wäre mir ausgesprochen lästig.«

»Warum haben Sie das Haus dann nicht schon lange verkauft?«, fragte Rieke.

»Ich weiß es nicht. Ich glaube, ich habe vor Jahren mal mit Marieke darüber gesprochen. Sie war nicht dafür, wenn ich mich recht erinnere. Ich habe derlei Verkaufsabsichten danach nicht weiter verfolgt und es daher einfach weiter laufen lassen.«

»Sie können sich also nicht denken, wer sich möglicherweise Zutritt zu Ihrem Haus verschafft haben könnte, vielleicht ja sogar unbefugterweise?«

»Nein, beim besten Willen nicht. Soweit ich weiß, befindet sich auch nichts von Wert in diesem Haus.«

»Wir vermuten dennoch, dass der Mann das Haus mit einem Schlüssel betreten hat.«

Calwey seufzte. »Ich fürchte, ich bin Ihnen da keine große Hilfe. Es ist nicht auszuschließen, dass noch weitere Schlüssel existieren, von denen ich nichts weiß. Wissen Sie, das Haus ist alt, ebenso wie die Tür, und das Schloss ist sicher seit einer halben Ewigkeit nicht erneuert worden. Das alles gehörte nämlich zu der Erbmasse, die Marieke und ich seinerzeit von unserem Vater übernommen haben.«

»So etwas Ähnliches hatte ich bereits vermutet«, gab die Kommissarin zurück.

»Darf ich Sie etwas fragen?« Calwey war bis auf die äußere Kante der Sitzfläche gerutscht. »Glauben Sie wirklich, dass diese Frau einen Toten gesehen hat? Ich meine … so jemand spaziert doch nicht einfach herein und verschwindet dann, als ob nichts gewesen wäre. Da muss es doch immerhin … gewisse Spuren geben.«

»Die sind leider spärlich gesät«, gab Rieke zu. »Aber immerhin sind welche vorhanden. Wir lassen sie gerade auswerten.«

»Ach so? Dann denken Sie also, dass an dieser Sache etwas dran sein könnte?«

»Wie gesagt, Herr Calwey, im Augenblick stehen wir noch ganz am Anfang unserer Ermittlungen. Und unter uns gesagt, ist es nicht ganz sicher, ob hier überhaupt ein Mordfall vorliegt. Ihr Haus wurde jedenfalls nicht polizeilich als Tatort deklariert und ist daher nach wie vor frei zugänglich.«

»Hm«, machte Calwey. Er hatte seine Stirn in tiefe Falten gezogen.

»Ihre Schwester und ihr Verlobter, Herr Jessen, sind heute Morgen angekommen.«

»Ah ja, ich weiß«, antwortete der Hausherr. »Marieke rief mich irgendwann an und fragte, ob sie das Haus für ein paar Tage haben könne. Ich sagte: Nur zu. Du weißt ja, wo der Schlüssel hinterlegt ist.«

»Dann war es trotz allem ja sehr nett von Ihnen, dass Sie die Reinigungsfirma beauftragt hatten«, schob Rieke mit einem Lächeln ein. Sie nahm einen Schluck Wasser und sah Calwey dabei über den Rand ihres Glases hinweg an.

»Die paar Euro für die Reinigung machen mich nicht ärmer«, bemerkte er in leicht gönnerhaftem Ton. »Ich könnte den Betrag sogar von der Steuer absetzen, wenn ich den Aufenthalt in dem Haus als einen Besuch von Geschäftspartnern deklariere. Was ich aber natürlich nicht tun werde.«

»Ihr Vorname lautet Immo, richtig?«, fragte Rieke.

»Ja. Das habe ich meinem Vater zu verdanken. Er hatte eine Vorliebe für ostfriesische Namen.«

Rieke nickte nachdenklich. »Wir haben ein Feuerzeug gefunden«, sagte sie nach einer kurzen Pause.

»Was für ein Feuerzeug?«

»Ich glaube, dass es Ihnen gehört. Wir haben es heute Morgen in den Dünen hinter Ihrem Haus auf Langeoog gefunden.«

Was immer Rieke von ihrem Gegenüber erwartet hatte, Calwey blieb ruhig. Falls er nervös war, verriet er dies nicht einmal durch ein Zucken seiner Wimpern.

»Kann ich es sehen?«, fragte er.

»Nicht physikalisch«, antwortete die Kommissarin. »Es wird gerade von unseren Kollegen auf mögliche Fingerabdrücke untersucht. Aber ich habe Fotos davon gemacht, die ich Ihnen zeigen kann. Einen Augenblick.«

Sie zückte ihr Handy aus der Innentasche ihrer Windjacke, aktivierte das Display und suchte mit ein paar Wischbewegungen die betreffenden Aufnahmen heraus. Sie reichte Calwey das Telefon herüber.

Er nahm es in die Hand und blickte auf das Display. Er blinzelte, nahm seine Brille ab und blinzelte noch einmal ausgiebig. Danach betrachtete er die Aufnahme lange und ausgiebig.

»Das ist eine Gravur, richtig?«

»Sie lautet auf den Namen *Immo C*«, erklärte die Kommissarin. »Wenn Sie mich fragen, steht das *C* für den Nachnamen Calwey. Alles andere wäre doch wohl ein ziemlich großer Zufall, finden Sie nicht?«

Sekunden vergingen. Mit einer ruckartigen Bewegung reichte der Hausherr Rieke ihr Handy zurück. »Vielleicht. Aber immerhin gibt es mitunter genau solche Zufälle.«

»Dann ist es also nicht Ihr Feuerzeug?«, hakte Rieke nach.

»Bei aller Liebe: Das kann ich mit endgültiger Gewissheit nur sagen, wenn ich es vor mir sehe oder in Händen halte.«

Die Inselkommissarin betrachtete das Foto nun ebenfalls. »Also ich finde, die Aufnahme ist recht gut gelungen und die Gravur klar erkennbar. Ich würde behaupten, dass es sicher keine zwei Feuerzeuge in genau dieser Aufmachung gibt. Zumal es auch noch recht wertvoll scheint. Ich tippe dabei auf einen hohen Anteil echten Silbers. Und ich muss es schließlich wissen, ich bin nicht nur Polizistin, sondern vor allem eine Frau.«

Calwey lächelte. »Das ist mir nicht entgangen. Aber falls Sie noch auf eine Antwort von mir warten sollten: Wenn es sich dabei um mein Feuerzeug handelt, kann ich mir nicht erklären, wie es an diesen Ort gelangt sein soll.«

Rieke setzte ein Lächeln auf. »Ich bin sicher, dass sich diese Sache aufklären lässt. Vielleicht entdecken die Kolleginnen und Kollegen von der Spurensicherung tatsächlich noch ein paar brauchbare Abdrücke.«

»Dann werden wir die Wahrheit kennen, nicht wahr?« Ein dünnes Lächeln umspielte Calweys Lippen. »War das im Übrigen alles, was Sie mich fragen wollten?«

»Fürs Erste, ja.« Rieke erhob sich, ohne ihr Wasser ausgetrunken zu haben. »Es gibt da vielleicht nur noch eine Sache, die mich interessieren würde.«

»Nur zu«, sagte Calwey in aufmunterndem Ton. »Fragen Sie.«

»Kennen Sie den Grund, warum Ihre Schwester und ihr Verlobter ausgerechnet diese Woche auf Langeoog verbringen wollen?«

Er zuckte mit den Schultern. »Es sind rein private Gründe, wie ich annehme. Sie hat sie mir nicht genannt. Und ich habe auch nicht danach gefragt.«

»Wie würden Sie Ihr Verhältnis zu Ihrer Schwester beschreiben?«

»Normal.«

Die Kommissarin sah ihr Gegenüber lächelnd an. »Und was ist das für Sie … normal?«

»Wir schätzen einander, aber wir rennen uns dabei nicht die Türen ein.«

»Ich verstehe«, antwortete Rieke. Sie reichte Calwey die Hand. »Ich danke Ihnen für Ihre Auskünfte und hoffe, ich bin Ihnen mit meinen Fragen nicht allzu sehr zur Last gefallen.«

»Aber ganz und gar nicht«, gab er zurück. Er brachte die Kommissarin zur Tür.

Rieke versuchte bei der Verabschiedung, etwas im Blick des Mannes zu lesen, doch es gelang ihr nicht. Calweys Gesichtszüge wirkten wie einzementiert. Sie hätte genauso gut gegen eine Wand starren können.

Draußen hatte es in der Zwischenzeit heftig zu regnen begonnen. Rieke legte den Weg zu ihrem Wagen im Eiltempo zurück. Sie riss die Tür auf und ließ sich auf den Fahrersitz fallen. Der Regen trommelte auf das Dach und gegen die

Windschutzscheibe. Der Himmel schien nur aus einer einzigen grauen Wand zu bestehen.

Das Feuerzeug, dachte sie. Das verflixte Feuerzeug. Calwey hatte dafür keine Erklärung gehabt. Es war der einzige Augenblick gewesen, in dem der Mann so etwas wie Unsicherheit hatte durchblicken lassen. Ansonsten schien er auf alles vorbereitet gewesen zu sein. War es ein Fehler gewesen, ihn vorher durch Enno anrufen zu lassen?

Rieke schob den Schlüssel ins Zündschloss, wartete aber noch mit dem Starten des Motors. Zu sehr war sie in Gedanken. Der Besuch bei Immo Calwey beschäftigte sie. Etwas dabei war ihr seltsam vorgekommen. Sie dachte an den Moment, an dem Calwey vor dem Hängeschrank im Wohnzimmer gestanden hatte. Irgendwie hatte er in diesem Augenblick verloren und hilflos gewirkt. Was hatte es mit diesem Mann auf sich?

Gerade, als sie aufbrechen wollte, tauchten von irgendwoher Scheinwerfer auf. Ein Wagen bog auf die Straße und näherte sich von hinten. Er fuhr aufgrund des strömenden Regens nur im Schritttempo und zog schwerfällig und wie in Zeitlupe an Rieke vorüber.

Sie drehte ihren Kopf zur Seite. Es war Calwey. Aber er schien sie gar nicht wahrzunehmen. Als sein Wagen vorüber war, gab er Gas.

Rieke sah die Rücklichter im Regen verschwimmen, bis sie ganz verschwunden waren.

Sie überlegte. Calwey hatte ihr gegenüber nichts von einem dringenden Termin gesagt. Und doch schien er es mit einem Mal sehr eilig zu haben. Sollte sie ihm folgen? Oder würde sie sich damit nur in eine lächerliche Situation bringen?

Egal, wie die Antwort auf diese Fragen aussah, Rieke musste erkennen, dass sie den richtigen Moment verpasst hatte.

Sie ließ den Motor des Leihwagens an und machte sich auf den Weg zurück nach Bensersiel.

Mit ihr fuhr das dumpfe Gefühl, dass dieser Fall noch einige unangenehme Überraschungen für sie alle parat haben könnte.

Kapitel 9

Kolbe war nach seinem verstörenden Besuch bei Bente Franzen und Professor Ladengast in die Dienststelle zurückgekehrt. Dort gab er dem jungen Polizeimeister Enno Dietz einige Instruktionen, den Fall betreffend, der streng genommen noch gar keiner war.

Enno hatte beflissen genickt und sich gleich darauf an die Arbeit gemacht. Kolbe hörte ihn nebenan nahezu pausenlos telefonieren. Dazu ratterte die Computertastatur.

Der Kommissar hatte die Kaffeemaschine angeworfen und wartete darauf, dass das schwarze Gebräu durchgelaufen war. Er öffnete den kleinen Kühlschrank, roch an der Milchflasche und entschied sich dafür, es zu wagen.

Mit der dampfenden Tasse in der Hand stand er am Fenster, an dem der Regen in Strömen herunterrann.

Langeoog war in graue Wolken verpackt. Am Himmel änderte sich nicht das kleinste Detail, so als wären sie alle in einem Gemälde gefangen.

Er dachte nach. Über seine Situation hier auf der Insel, über seinen Vater, seine Mutter, Bente Franzen, Otto Ladengast. Sie alle verheimlichten ihm etwas. Beinahe kam es ihm wie eine Verschwörung vor, die nur zum Ziel hatte, ihn, Gerret Kolbe, so lange wie möglich im Unklaren zu lassen. In einem Zustand völliger Isolation, eingehüllt in graue Wolken, die es nicht zuließen, auch nur ein winziges Stück in die Ferne zu blicken.

Mitten in diese Überlegungen hinein platzte Rieke Voss, die die Tür zur Dienststelle aufriss und für die Dauer einiger Sekunden in leicht vornübergebeugter Haltung im Eingangsbereich stehen blieb. Das Wasser tropfte von ihren Sachen und aus ihren Haaren.

Enno Dietz unterbrach seine Arbeit und kam mit einem Handtuch gelaufen, das ihm vermutlich seine Mutter Gerda irgendwann mitgegeben hatte.

Rieke nahm es mit einem kläglichen Lächeln entgegen und wischte sich damit die Nässe aus dem Gesicht.

»Danke, Enno. Ist Kolbe schon da?«

Der Polizeimeister deutete mit seinem Daumen den Korridor hinunter. »In eurem Büro. Er scheint mir ziemlich melancholisch heute. Er wollte nicht mal ein Stück Kuchen mit Sanddornmarmelade.«

»Mach dir nichts draus«, antwortete die Kommissarin lachend. »Das liegt ganz sicher nicht an dir oder dem Kuchen, sondern eher am Wetter.« *Und einigen anderen Dingen, die ihn beschäftigen*, fügte sie in Gedanken hinzu.

Sie hängte ihre nasse Jacke an die Garderobe und begann damit, ihr langes Haar zu frottieren.

»Ich glaube, Herr Kolbe hat gerade Kaffee gemacht«, erklärte Enno vorsichtig. »Und falls du ein Stück Kuchen möchtest …« Er deutete auf das Tablett am Rand seines Schreibtischs.

»Das ist jetzt genau das Richtige«, antwortete die Ostfriesin mit einem Lächeln. »Danke, Enno, das ist sehr lieb von dir.«

Der junge Polizeimeister lief puterrot an und wandte sofort sein Gesicht ab. »Keine Ursache. Ich … ich muss dann mal wieder an die Arbeit. Herr Kolbe hat mir einiges zu tun gegeben.«

Rieke sah ihm nach, wie er hinter dem Empfangstresen verschwand und sich sofort hinter seine beiden PC-Monitore klemmte. Er nahm die Arbeit an der Stelle auf, an der er sie unterbrochen hatte, ohne jegliche Verzögerung. Das Telefon klingelte. Er griff nach dem Hörer, ohne seinen Blick vom Bildschirm zu lösen.

Rieke Voss ging den Korridor entlang, noch immer mit ihren nassen Haaren beschäftigt. Als sie das Büro betrat, fand sie Kolbe am Fenster stehend vor.

Er wandte seinen Kopf in ihre Richtung. »Steht dir gut, dieser Wet Look. Solltest du öfter tragen.«

»Oh, der Herr Kollege versucht mal wieder, witzig zu sein«, gab sie zurück. »Wie wär's zur Abwechslung mal mit höflich und einer Tasse Kaffee?«

Kolbe nickte in Richtung des Korridors. »Steht da drüben. Müsste noch ein Rest in der Kanne sein.«

Rieke presste ihre Lippen aufeinander und verbiss sich einen Kommentar. Wenig später kehrte sie mit einer Tasse Kaffee ins Büro zurück. Kolbe hatte sich in der Zeit keinen Millimeter vom Fleck gerührt.

Die Kommissarin ließ sich auf ihren Stuhl fallen, legte sich das Handtuch um die Schultern und unternahm den erfolglosen Versuch, ihre Haare halbwegs zu bändigen.

»Und?«, fragte sie. »Hat Professor Ladengast unseren Fall schon gelöst, oder müssen wir ihm noch etwas zuarbeiten?«

Kolbe starrte unverwandt gegen die regennasse Scheibe. »Er konnte mit dem Namen Calwey reichlich wenig anfangen. Anscheinend ist er dem Mann nie begegnet, weil der sich so gut wie nie auf der Insel aufgehalten hat. Abgesehen davon schien mir Ladengast heute nicht ganz auf der Höhe zu sein.«

»Ist er krank?«, fragte Rieke.

Kolbe schüttelte den Kopf. »Er machte mir nicht den Eindruck. Stattdessen hat er versucht, einen Brief, den er heute bekommen haben muss, vor mir zu verbergen. Betont unauffällig natürlich, aber ich habe es trotzdem bemerkt.«

»Ich habe immer gewusst, dass der alte Fuchs irgendein Geheimnis hat«, antwortete Rieke leicht amüsiert.

»Da ist er scheinbar in guter Gesellschaft«, sagte Kolbe. Er drehte sich um und lehnte sich mit dem Rücken gegen die Fensterbank. »Was hat dein Besuch bei Immo Calwey ergeben?«

»Wenn ich das wüsste«, antwortete Rieke und nippte an ihrer Kaffeetasse.

Kolbe sagte nichts. Er zog stattdessen fragend die rechte Augenbraue hoch.

»Ich kann es schwer erklären«, fuhr die Kommissarin fort. »Die ganze Situation im Haus hatte so einen gewissen Touch, so etwas … Unwirkliches.«

»Hast du Calwey getroffen?«

»Ja«, sagte sie. »Jedenfalls glaube ich das.«

Kolbe sah sie fragend an.

»Was mir so unwirklich vorkam«, erklärte Rieke, »war Calwey selbst. Seine Art, sich im Haus zu bewegen. So … vorsichtig und mit Bedacht. So als müsse er sich erst noch an alles gewöhnen. Ich fragte ihn nach dem Weg zur Toilette. Da stutzte er kurz, für eine Sekunde nur, als müsse er sich erst kurz orientieren. Als es ihm eingefallen war, hat er mir den Weg genau erklärt.«

Kolbe wollte etwas einwerfen, doch die Kommissarin hob kurz ihre Hand. »Warte noch. Da ist nämlich noch mehr. Ich bat ihn um ein Glas Wasser, bevor ich zur Toilette ging. Auf dem Weg dorthin habe ich mich nochmal umgedreht und ins Wohnzimmer gesehen. Calwey stand vor dem Schrank und hat nacheinander mehrere Türen geöffnet. So als hätte er vergessen, wo die Gläser stehen.«

»Bist du sicher?«, fragte Kolbe.

»Absolut sicher. Dann stand er plötzlich da und hat das Glas angesehen, als hätte er es das erste Mal in der Hand gehabt.«

»Vielleicht war er einfach nur ein bisschen durch den Wind«, gab Kolbe zu bedenken. »Sicher bekommt er nicht jeden Tag Damenbesuch, noch dazu von einer Polizistin.«

»Nein«, antwortete Rieke nachdenklich, »ich glaube, damit konnte er sehr gut umgehen. Mit der ganzen Situation im Haus hingegen nicht. Es ist mir nämlich noch etwas an ihm aufgefallen. Das Herrenparfüm im Bad.«

»Was ist damit?«

»Es ist nicht der Duft, den er tatsächlich verwendet, obwohl die Flasche im Bad schon halb leer war. Und eine andere habe ich nicht entdecken können. Und wenn du glaubst, dass das schon alles war, muss ich dich enttäuschen. Ich habe da noch etwas, was mir im Nachhinein mehr als merkwürdig vorkommt.«

Kolbe schmunzelte. »Klingt ganz so, als seist du ein großes Stück vorangekommen.«

»Warte ab, danach darfst du gerne spotten. Ich habe nämlich die gesamte Fahrt zurück darüber nachgedacht, was mich die ganze Zeit an Calwey irritiert hat.«

»Ja, und?«

»Seine Brille.«

Kolbe leerte seine Kaffeetasse und stellte sie neben sich auf der Fensterbank ab. »Inwiefern?«

»Ich zeigte ihm auf meinem Handy das Foto vom Feuerzeug. Ich hatte es extra ein wenig herangezoomt, damit man die

Gravur darauf gut lesen kann. Das hat er auch getan, allerdings musste er dazu seine Brille abnehmen. Eine schwarze Hornbrille mit recht dicken Gläsern.«

»Ich verstehe noch nicht, worauf du hinauswillst«, sagte Kolbe.

»Weil du zu ungeduldig bist«, gab Rieke zurück. »Als ich draußen im Wagen war, habe ich noch eine Weile dagesessen und über den Besuch nachgedacht. Ich war einigermaßen irritiert. Und gerade, als ich losfahren wollte, ist Calwey mit seinem Wagen vorbeigekommen.«

»Er ist sofort weggefahren, nachdem du da gewesen bist?«

»Ja. Er schien es ziemlich eilig zu haben. Aber was mir dabei auffiel, war, dass er im Wagen keine Brille getragen hat. Verstehst du?«

Kolbe schüttelte leicht den Kopf. »Ich ahne etwas, aber vielleicht erklärst du's mir trotzdem.«

»Entweder er trägt die Brille, um zu lesen, was aber nicht sein kann, da er die Schrift auf dem Handy trotz Brille nicht entziffern konnte, oder aber er trägt die Brille im Alltag. Immerhin hat er mir auch so die Tür geöffnet. Wenn das aber der Fall ist, dann frage ich mich, wieso er die Brille zum Autofahren absetzt.«

»Sicher hast du auch schon eine Antwort parat«, sagte Kolbe.

»Weil es vielleicht gar nicht seine Brille ist«, erklärte Rieke.

Ihr Kollege dachte eine Weile über ihre Worte nach. Dann schüttelte er abermals den Kopf. »Aber das ergibt doch gar keinen Sinn. Du willst darauf hinaus, dass Calwey dir in seinem Haus irgendetwas vorgespielt hat, richtig? Aber was soll dann dieser Unfug mit der Brille? Ich verstehe den Zusammenhang noch nicht.«

»Es würde nur dann einen Sinn ergeben«, antwortete Rieke nachdenklich, »wenn der Mann, den ich in Oldenburg getroffen habe, gar nicht Immo Calwey war.«

»Sondern?«

Sie zuckte mit den Schultern. »Was weiß ich? Vielleicht ist das ein Teil des großen Geheimnisses.«

»Du hättest dir seinen Ausweis zeigen lassen sollen«, sagte Kolbe.

»Der Mann hat sich mir als Immo Calwey vorgestellt«, erklärte Rieke. »Er wohnt in Calweys Haus und trägt vermutlich auch seine Sachen, inklusive seiner Brille. Ich bin mir sicher, dass er auch in der Lage gewesen wäre, mir Calweys Papiere zu zeigen.«

Kolbe fuhr sich mit der Hand über seinen dunklen Dreitagebart und erzeugte damit ein kratzendes Geräusch. »Wenn das alles stimmt, was du sagst, dann stellt sich mir eine ganz bestimmte Frage.«

»Ich komme sogar auf zwei«, antwortete Rieke. »Wo ist Immo Calwey in Wirklichkeit, und wen habe ich da eigentlich heute in seinem Haus getroffen?«

»Vielleicht einen Doppelgänger«, meldete sich eine Stimme von der offenen Tür her.

Die Inselkommissare drehten sich gleichzeitig um.

Enno Dietz war aufgetaucht. Er hielt zwei Teller mit Kuchen in der Hand, die er ungefragt auf dem Schreibtisch abstellte. »Entschuldigung«, sagte er, »ich wollte nicht lauschen.«

»Schon gut, Enno«, gab Rieke zurück. »Exakt daran habe ich nämlich auch gedacht. Was, wenn es da jemanden gibt, der versucht, in Immo Calweys Rolle zu schlüpfen?«

»Die Chancen dazu stehen nicht schlecht«, erklärte Enno. »Ich habe mich nämlich nebenbei mal ein wenig mit der Familiengeschichte der Calweys beschäftigt. Dabei ist etwas Erstaunliches herausgekommen. Es gibt nämlich neben Marieke und Immo noch einen weiteren Calwey. Sein Name ist Arno. Und zu diesem Mann habe ich noch ein pikantes Detail für Sie: Arno und Immo sind nämlich Zwillingsbrüder.«

»Was?« Rieke fuhr auf ihrem Drehstuhl ruckartig herum. Sie starrte ihren jungen Kollegen mit großen Augen an. Selbst Kolbe hatte diese Neuigkeit nicht kaltgelassen. Er hatte seine Augen zu Schlitzen verengt und wirkte hochkonzentriert.

»Es ist wahr«, bekräftigte Enno. »Ich wollte mich nicht auf die spärlichen Informationen im Internet verlassen und habe beim zuständigen Einwohnermeldeamt in Oldenburg angerufen. Die Dame dort zeigte sich sehr hilfsbereit, nachdem sie erfuhr, dass sie gerade mit der Polizei telefoniert.«

»Ja, und weiter?«, fragte Rieke ungeduldig. »Was ist mit diesem Arno?« Sie schnappte sich, ohne den Blick von ihrem Kollegen zu wenden, das Stück Kuchen von ihrem Teller und begann damit, daran zu knabbern.

Kolbe hielt sich im Hintergrund, lehnte immer noch an der Fensterbank und machte keine Anstalten, sich einzumischen.

»Nun ja«, sagte Enno, »dass die beiden Brüder Zwillinge sind, lässt sich anhand des identischen Geburtsdatums nicht von der Hand weisen. Ich habe danach noch herumtelefoniert und versucht, mehr über die beiden herauszubekommen. Immo und Arno wurden am selben Tag eingeschult, allerdings an unterschiedlichen Schulen. Erst viel später haben beide die Universität von Oldenburg besucht. Während Immo sein Studium der Betriebswirtschaftslehre durchgezogen hat, war Arno offenbar weniger erfolgreich oder hatte andere Dinge im Sinn. Er hat das Studium nach wenigen Semestern abgebrochen und ist kurz darauf ins Ausland gegangen. Er ist Ende der Neunziger nach Australien ausgewandert, soweit ich in Erfahrung bringen konnte.«

»Und Immo?«, fragte Rieke. »Welchen Weg hat er eingeschlagen?«

Enno Dietz befeuchtete sich die Fingerspitzen und blätterte geschäftig in seinen Aufzeichnungen, die er in ein Klemmbrett gespannt hatte.

»Immo und seine Schwester Marieke haben kurz vorher von ihrem Vater die Firma zu gleichen Teilen überschrieben bekommen. Von Arno war jedoch nicht die Rede. Was ich von einem alten Gemeindepastor erfahren habe, war, dass Vater Calwey nicht gut mit seinem Sohn Arno auskam. Es kam zum Bruch zwischen den beiden. Es sieht so aus, als hätte der Alte seinen Sohn enterbt. Vielleicht war das ein Grund dafür, warum Arno auswanderte. Vater Calwey ist dann kurz vor der Jahrtausendwende verstorben. Er liegt in Oldenburg begraben.«

»Donnerwetter, das ist ja allerhand«, sagte Rieke, die sich mit ihrem Daumen einen letzten Brocken Kuchen in den Mund schob.

»Aber es beweist immer noch nichts«, sagte Kolbe. »Solange wir keine Leiche oder wenigstens ein paar handfeste Beweise für ein Verbrechen haben, sind das alles nur wilde Theorien. Ich muss euch hoffentlich nicht sagen, dass genau das die Worte der Chefin wären.«

»Die ja aber nun mal nicht hier ist«, ergänzte Rieke lächelnd. Sie sah zu ihrem jüngeren Kollegen hinüber. »Das war wieder mal gute Arbeit, Enno.«

Der Angesprochene nickte und stimmte in das Lächeln mit ein.

»Haben wir ein Foto von Immo Calwey?«, fragte Rieke.

Der Polizeimeister nickte eifrig. »Ich habe eins von der Internetseite der Firma ausgedruckt. In Farbe. Hier ist es.«

Er löste ein Blatt aus seinem Klemmbrett und reichte es Rieke, die es lange und ausgiebig betrachtete.

Kolbe stieß sich von der Fensterbank ab, kam drei Schritte näher und sah seiner Kollegin über die Schulter.

»Ist das der Mann, den du heute in Oldenburg getroffen hast?«

»Ich könnte schwören, dass er's ist«, sagte sie. »Das heißt, ich hätte es sofort beschworen, wenn ich nicht inzwischen von dieser Zwillingsgeschichte erfahren hätte. Ein Foto von Arno existiert nicht?«

Enno schüttelte den Kopf. »Ich habe alles versucht, aber der Mann ist offenbar bisher nirgendwo in Erscheinung getreten. Auch nicht auf den ganzen Social-Media-Kanälen.«

»Vielleicht wäre es gut, wenn du in diese Richtung weiter recherchieren könntest«, sagte Rieke. Sie biss von ihrem Kuchen ab und kaute nachdenklich. »Versuch doch mal herauszufinden, wo genau dieser Arno in Australien abgeblieben ist und was er heute macht.«

Enno plusterte seine Backen auf. »Ich will es gerne versuchen. Sobald ich etwas habe, sage ich Bescheid.«

Rieke lächelte ihren jungen Kollegen an. »Wenn es dich nicht gäbe, müsste man dich erfinden, Enno.«

Das Gesicht des Polizeimeisters hellte sich auf, bevor es dunkelrot anzulaufen begann. Er wandte sich mit ein paar gemurmelten Worten ab und wieder seiner Arbeit zu.

»Es gibt noch eine Person, die uns vielleicht sagen könnte, wen sie gesehen hat«, sagte Kolbe leise und drehte sich zu seiner Kollegin um. »Was hältst du davon, wenn wir Christel Roth mit diesem Foto konfrontieren?«

Rieke wischte sich mit ihren Fingern die letzten Kuchenkrümel vom Mund. »Kolbe, ich bin ja so froh, dass ich nicht die Einzige mit diesem Gedanken bin.«

»Haben wir ihre Nummer noch irgendwo?«, fragte Kolbe.

Rieke nickte und zog ihr Handy heraus. »Hab ich mir abgespeichert. Einen Moment.«

Die Kommissarin wischte über das Display und hatte kurz darauf die richtige Nummer herausgesucht. Sie ließ das Telefon anwählen und drückte sich den Lautsprecher gegen das Ohr.

Das Gespräch war sehr kurz und knapp. Die Kommissarin wechselte kaum ein paar Worte und legte nach weniger als einer halben Minute schon wieder auf.

Mit verblüfftem Gesichtsausdruck ließ sie ihr Handy sinken und legte es auf den Schreibtisch.

»Was ist denn los?«, fragte Kolbe. »Stimmt was nicht?«

»Christel Roth war irgendwie alles andere als begeistert, meine Stimme zu hören«, sagte Rieke in verträumt-nachdenklichem Tonfall. »Es hörte sich beinahe so an, als wollte sie mit dieser ganzen Sache nichts mehr zu tun haben. Außerdem scheinen sie und ihre Kollegin sich noch immer auf Langeoog aufzuhalten.«

»Die sollten doch schon längst Feierabend haben«, sagte Kolbe. »Was tun sie denn noch hier?«

»Sie machen sich zurecht, um nachher essen zu gehen«, antwortete Rieke. »Frau Roth behauptet, jemand hätte sie und ihre Kollegin eingeladen. Und zwar ins teuerste Restaurant der Insel.«

Kapitel 10

»Eine Einladung? Zum Essen?«

Bente Franzen tauchte die Teekanne vorsichtig ins Spülbecken und begann damit, sie mit einem Schwamm und etwas Spülmittel zu behandeln.

»Warum nicht?«, fragte Kolbe. »Hast du etwa Angst vor Gerede?«

Sie stieß ein kurzes Lachen aus. »Glaub mir, gerade über mich ist auf der Insel schon jedes Gerücht verbreitet worden. Es macht mir nicht das Geringste aus, wenn noch ein weiteres dazukommt. Und genau betrachtet, wäre das Gerücht ja nicht mal neu. Das gab es nämlich schon.«

»Welches denn?«, fragte Kolbe scheinheilig, während er sich näher an sie heranwagte.

»Na, dass ich mit meinem jeweiligen männlichen Mieter schlafen würde.«

Kolbe trat von hinten an sie heran und löste die Schleife ihrer Schürze. Er legte seine Lippen an ihr linkes Ohr. »Wenn wir es ganz genau nehmen, ist das gar kein Gerücht mehr, sondern die Wahrheit, liebe Frau Franzen.«

Sie stellte für einen Augenblick ihre Spülaktivitäten ein. Ihre Hände, die in langen gelben Gummihandschuhen steckten, ruhten im schaumigen Wasserbecken. Bente Franzen legte ihren Kopf in den Nacken, schloss die Augen und ließ Kolbes Küsse zu, die ihren schlanken Hals vom Nacken bis zum Ansatz ihres weichen Haarflaums hinaufwanderten.

Er erreichte ihre ausgeprägten Wangenknochen und betupfte mit seinen Lippen ihren linken Mundwinkel.

Kolbe spürte, wie ein leichtes Zittern durch ihren Körper lief. Sie knickte leicht in den Knien ein und gab dabei einen leisen, stöhnenden Laut von sich.

Plötzlich fuhr sie in einer wilden Bewegung herum, packte ihn bei den Schultern und zog ihn an sich. Ihre Lippen pressten sich aufeinander.

Spülwasser tropfte von ihren glänzenden Handschuhen und bildete auf dem Fußboden eine nasse Lache.

Für etwa eine Minute lang war nur die Atemluft zu hören, die durch ihre Nasen eingesogen und umso intensiver wieder ausgestoßen wurde.

Kolbe zog Bente Franzen sanft vom Spülbecken weg.

»Aber … die Kanne«, versuchte sie den Anschein zu erwecken, als würde sie sich wehren.

»Glaub mir«, flüsterte Kolbe zwischen seinen Küssen, »ich habe in meinem Leben schon so einiges gesehen, aber noch keine Teekanne, die vor ihrer Besitzerin weggelaufen wäre.«

»Und der Professor?«, flüsterte sie atemlos.

Kolbe deutete nach oben. »Er hackt wie ein Besessener auf seine Schreibmaschine ein. Ich kann mir nicht vorstellen, dass ihn heute noch irgendetwas aus seinem Zimmer locken wird. Jedenfalls nicht die Laute zweier Menschen beim Liebesakt.«

Sie blickte ihn für zwei Sekunden mit offenem Mund und geweiteten Augen an. »Gerret«, flüsterte sie, »du bist manchmal so …«

Bente Franzen hatte mit einem Mal keine Zeit mehr, ihren Satz zu vollenden. Sie zog Kolbe mit sich. Einen kurzen Moment später knallte die Tür ihres Schlafzimmers zu. Der Schlüssel wurde mit einer energischen Bewegung umgedreht.

Im Obergeschoss ratterte währenddessen weiter die Schreibmaschine. Ladengast unterbrach seine Arbeit nicht ein einziges Mal, auch wenn er hin und wieder aufhorchte, weil er glaubte, Bente Franzen habe etwas zu ihm heraufgerufen.

***

»Du?«

Kolbe döste. Er erwachte erst, als Bente Franzen ihn anstupste und ihre Frage wiederholte.

»Hm?«

»War das vorhin mit der Einladung zum Essen eigentlich ernst gemeint, oder war das nur ein Vorwand, um …?«

»Für gewöhnlich meine ich es immer ernst«, gab er verschlafen zurück.

»Und heute Abend?«

»Da erst recht. Wie spät ist es?«

»Gleich halb sieben.«

»Dann sollten wir uns beeilen.«

»Warum?«

»Weil der Tisch für sieben Uhr bestellt ist«, antwortete Kolbe. Er zwang sich, seine Augen offen zu halten. Bente Franzen lag neben ihm, auf dem Bauch. Die Bettdecke verhüllte ihren Körper nur teilweise.

»Was? Und das sagst du so beiläufig? Sieh dir doch an, wie ich aussehe!«

Kolbe riskierte einen Blick und antwortete: »Du bist wunderschön, so wie du bist.«

»Kann sein. Aber im Restaurant kommen wir damit nicht weit.« Sie fegte die Bettdecke beiseite und schwang ihre Beine aus dem Bett. Im Vorbeigehen zwickte sie Kolbe in die Wade.

»Aufstehen, Herr Kommissar. Und zudem wäre es nett, wenn Sie sich woanders frischmachen würden, das hier ist nämlich ab jetzt Sperrzone, wenn Sie wollen, dass ich pünktlich bin.«

»Wie Sie wünschen, Frau Franzen«, antwortete Kolbe gähnend, raffte seine Sachen zusammen und wandte sich zum Gehen.

Seine Vermieterin streckte ihren Kopf durch die Tür zum angrenzenden Badezimmer. »Wo geht es eigentlich hin?«

»Ins Restaurant des Strandhotels.«

»Oh! Haben wir eine Gehaltserhöhung bekommen oder sind befördert worden?«

»Weder noch«, gab Kolbe zurück. »Rieke und ich sind da an einer Sache dran, die wir heute Abend nebenbei weiterverfolgen wollen.«

»Rieke Voss kommt auch mit?« Bente Franzen zog ihre Stirn leicht kraus.

»Ach ja, das hatte ich vergessen, zu erwähnen. Sie bringt auch noch jemanden mit, damit es nicht so auffällt.«

»Ach ja? Wen denn?«

»Die Malerin Hedda Lüürsen«, antwortete Kolbe. »Die beiden haben doch eine Zeit lang quasi unter einem Dach gewohnt. Rieke wollte sie fragen, ob sie heute bei ihr in der

Galerie übernachten darf. Außerdem braucht sie noch ein halbwegs vernünftiges Outfit für heute Abend.«

Bente Franzen nickte, der fragende Ausdruck auf ihrem Gesicht blieb jedoch an ihr haften.

»Du und Rieke … ihr stellt doch nicht wieder irgendwas Verrücktes an, das dann wieder völlig außer Kontrolle gerät, oder?«

Kolbe sah Bente Franzen nachdenklich an. »Das kann man vorher nie so genau wissen.«

Kapitel 11

Das Strandhotel war festlich erleuchtet. Inmitten des hereinbrechenden Abends wirkte es wie eine helle Insel in der Dunkelheit.

Der Regen hatte am späten Nachmittag zunächst nachgelassen und dann kurz nach achtzehn Uhr ganz aufgehört. An seine Stelle war ein kalter Wind getreten, der von See her wehte und einen Vorgeschmack auf den kommenden Herbst lieferte.

Wer das Strandhotel trockenen Fußes und ohne zerzaustes Haar erreicht hatte, konnte sich glücklich schätzen.

Gerret Kolbe hatte mehr als zwanzig Minuten im Hausflur des Polderwegs Nummer zwölf gewartet, bis Bente Franzen in einem eleganten Abendkleid aufgetaucht war, das braune Haar keck hochgesteckt und ein winziges schwarz glänzendes Damenhandtäschchen unter dem Arm.

»Wir werden zu spät kommen«, sagte er, nachdem er sie ausgiebig gemustert hatte, »aber das Warten hat sich definitiv gelohnt.«

»Nur die Ungeduldigen verlieren Zeit«, hauchte Bente, als sie sich an ihm vorbeidrückte und ihren Mantel vom Kleiderbügel an der Garderobe nahm.

Sie erreichten das Restaurant eine Viertelstunde zu spät. Rieke Voss und Hedda Lüürsen saßen beim Wein, ihre Gläser waren bereits zu guten Teilen geleert.

Die Kommissarin warf ihrem Kollegen einen leicht vorwurfsvollen Blick zu.

»Tut mir leid«, sagte Kolbe mit einem Lächeln und während er Bente Franzen einen Stuhl zurechtrückte, »wir sind noch aufgehalten worden.«

»Ja«, gab Rieke unter einem leicht spöttischen Zucken ihrer Mundwinkel zurück, »das kann ich mir lebhaft vorstellen.«

»Schön, Sie beide endlich auch mal persönlich kennenzulernen«, sagte Bente Franzen und nickte den beiden Frauen gegenüber lächelnd zu. An Hedda Lüürsen blieb ihr Blick hängen. »Ich habe es leider noch immer nicht geschafft, einen

Abstecher in Ihre Galerie zu machen. Ich hoffe, die Geschäfte laufen gut?«

Hedda sah Bente über den Rand ihrer aufgeklappten Speisekarte hinweg an. »Ich kann nicht klagen. Nach der vorübergehenden Schließung im Sommer ist die Galerie wieder gut angelaufen. Ich habe sogar das eine oder andere Bild verkaufen können.«

»Das freut mich für Sie«, gab Bente Franzen zurück. Sie blickte in die Runde und ein wenig verstohlen auch zu den Nachbartischen hinüber. »Ziemlich illustre Gäste heute Abend, scheint mir. Es sieht ja beinahe aus wie auf der Aftershow-Party bei den Oscarverleihungen. Jedenfalls stelle ich es mir so ähnlich vor.«

Hedda Lüürsen beugte sich vor und flüsterte ihr zu: »Das ist gar nicht mal so weit hergeholt. Letzte Woche soll Wotan Wilke Möhring hier gewesen sein. In Begleitung zweier aufgetakelter Damen.«

»Pah«, machte Kolbe und deutete auf ihre Runde, »das ist ja gar nichts. Da kann ich ja wohl locker drüber.«

»Wir sind aber nicht aufgetakelt«, stellte Rieke richtig. Sie nahm ihr Weinglas und prostete den beiden anderen Frauen zu.

Der Smalltalk war in Gang gesetzt. Irgendwann unterbrach ihn Kolbe und beugte sich leicht zu seiner Kollegin über den Tisch. »Sind denn unsere beiden Damen schon angekommen?«

Rieke deutete hinter sich. »Sie sitzen im Nebenraum. Christel Roth und Sina Wollesen. Haben sich ebenfalls in Schale geworfen. Eben hat ihnen der Kellner eine Platte mit argentinischen Rotgarnelen gebracht. Dazu irgendwelche exklusiven Nudeln und eine zweite Flasche Wein.«

»Woher weißt du das so genau?«

»Ich habe die beiden von hier aus genau im Blick«, antwortete sie leise und deutete mit ihrer Kinnspitze auf die halb verschlossene Schiebetür, die diesen Teil des Restaurants vom größeren Nebenraum trennte.

Kolbe widerstand dem Impuls, sich umzudrehen. »Hat Frau Roth dich schon gesehen?«

»Bisher nicht«, antwortete die Kommissarin. »Aber ich schätze, sie würde mich hier auch niemals erwarten. Und schon gar nicht in so einem Aufzug.« Sie deutete an ihrem weit ausgeschnittenen, dunkelgrünen Kleid herunter, das mit der kräftigen roten Farbe ihres offenen Haars ausgezeichnet harmonierte.

»Falls du auf ein Kompliment aus bist«, sagte Kolbe, »kann ich sagen, dass ich mich schon lange nicht mehr in Gesellschaft so wohlgefühlt habe wie heute Abend.«

»Ich wusste nicht, dass dein Kollege so ein Charmeur ist, Rieke«, sagte Hedda, die die Speisekarte mit einem entschlossenen Gesichtsausdruck zurück auf den Tisch legte.

»Ach, ich glaube, er ist sogar noch vieles mehr«, antwortete die Kommissarin und warf Bente Franzen einen Blick zu, der die Vermieterin unter ihrem Make-up leicht erröten ließ.

Ein aufmerksamer Kellner kam auf ihren Tisch zu und nahm die Bestellungen auf.

»Ist es jetzt nicht an der Zeit, Frau Lüürsen und mich in eure Geheimnisse einzuweihen?«, fragte Bente Franzen, nachdem eine neue Runde Getränke serviert war und sie alle auf das Essen warteten.

»Vielleicht solltest du das übernehmen, Kolbe«, sagte Rieke und lächelte den Frauen entschuldigend zu. »Das Ganze hier war nämlich seine Idee. Und deswegen zahlt er auch den ganzen Bums.« Ihr Lächeln wurde breiter. »Entschuldigung. Die Rechnung meine ich.«

Wieder beugte sich Kolbe über den Tisch. Die vier steckten unwillkürlich ihre Köpfe etwas weiter zusammen, während der Kommissar die Frauen über ein paar sehr vage Details zum Fall der angeblichen Langeooger Leiche informierte.

Nachdem Kolbe geendet hatte, lehnte sich Hedda Lüürsen verblüfft zurück. »Da denkt man noch, man hätte sich mit dieser Insel einen der friedlichsten Orte der Welt ausgesucht. Und plötzlich wimmelt es hier nur so von Leichen!«

»Nana«, mahnte Rieke«, »erstmal handelt es sich lediglich um eine.«

»Wenn überhaupt«, fügte ihr Kollege hinzu.

»Trotzdem scheint euch dieser Fall ja sehr zu beschäftigen, wenn ihr einen solchen Aufwand betreibt«, stellte Bente Franzen fest. »Was versprecht ihr euch eigentlich davon? Wollt ihr diese arme Reinigungsfrau unter Druck setzen?«

»Kolbes Idee«, antwortete Rieke und gab ihrem Kollegen ein Zeichen.

»Ich habe mich nur gefragt, woher dieser plötzliche Sinneswandel kommt«, erklärte der Beamte. »Zuerst konnte sie es nicht abwarten, ihren angeblichen Leichenfund der Polizei zu erzählen, und jetzt, wo wir uns für den Fall zu interessieren beginnen, scheint sie einen Rückzieher zu machen. Und nicht nur das. Plötzlich gehen sie und ihre Kollegin zusammen aus und lassen sich die teuersten Garnelen der Insel auftischen. Daran ist doch was faul!«

Ein Kellner, der gerade an ihrem Tisch vorbeigehen wollte, blieb abrupt stehen und wandte sich an Kolbe: »Verzeihung, mein Herr, aber wir servieren unsere Garnelen grundsätzlich immer fangfrisch!« Ohne eine Antwort abzuwarten, ging der Angestellte weiter und betrat kopfschüttelnd den Nebenraum, um dort zu servieren. Kolbe starrte dem Mann mit offenem Mund nach.

Die drei Frauen am Tisch begannen abwechselnd zu kichern und schließlich unverhohlen draufloszuprusten.

»Da hat wohl einer was in den falschen Hals bekommen«, bemerkte Hedda, während sie sich mit der Serviette eine Lachträne aus dem rechten Augenwinkel wischte.

Kolbe machte Anstalten, aufzustehen. »Vielleicht ist es an der Zeit, den beiden Damen einen kleinen Besuch abzustatten.«

Von gegenüber und von rechts legten sich jeweils Frauenhände auf seine Unterarme.

»Um Himmels willen«, sagten Rieke und Bente Franzen beinahe gleichzeitig, »lass die beiden doch erstmal essen.«

Kolbe sah die Frauen nacheinander an und zog seine Hände langsam wieder zurück.

Hinter ihnen öffnete sich eine Tür. Ein Hauch von kalter Luft wehte herein. Dass gerade etwas Unvorhergesehenes geschah, erkannte Kolbe zuerst an den Augen seiner Kollegin.

Rieke Voss wirkte, als sei sie zur sprichwörtlichen Salzsäule erstarrt. Ihr Blick war auf einen Punkt irgendwo in Kolbes Rücken gerichtet. Dort, woher die Geräusche der Schritte kamen.

»Das glaube ich jetzt nicht«, flüsterte die Kommissarin. Ihre Lippen bewegten sich dabei kaum.

Kolbe wollte sich aus einem Reflex heraus umdrehen, doch das war bereits nicht mehr nötig, denn die Gäste, die soeben das Restaurant betreten hatten, passierten in diesem Augenblick den Tisch, an dem die vier saßen.

Ein Mann blieb direkt neben der rothaarigen Kommissarin stehen. Seine Schläfen zeigten einen Schimmer von Grau. Das ansonsten volle Haar trug er straff zurückgekämmt. Auf dem Nasenrücken thronte eine schwarze Hornbrille.

Kolbe wusste sofort, dass er sich hier das erste Mal dem Mann gegenübersah, der sich Immo Calwey nannte.

Wenn Calwey überrascht war, Rieke Voss hier anzutreffen, wenn auch in Begleitung, so ließ er sich das mit keiner Regung anmerken. Seine schmalen Lippen verzogen sich zu einem freundlichen Lächeln. Seine Augen jedoch blieben hinter den Gläsern ausdruckslos.

»Frau Kommissarin«, sagte er und vollführte eine galante Handbewegung dabei, »ich bin erfreut, Sie hier wiederzusehen. Darf ich Ihnen sagen, dass Ihnen die Abendgarderobe wesentlich besser zu Gesicht steht als die Polizeiuniform? Sie sehen hinreißend aus.«

»Vielen Dank«, antwortete Rieke mit einem Lächeln. Sie deutete in ihre Runde. »Das hier sind Frau Lüürsen und Frau Franzen. Sie leben beide hier auf der Insel. Ebenso wie mein Kollege, Herr Kolbe.«

Calweys Blick wanderte ein winziges Stück nach rechts. Der Ausdruck seiner Augen blieb genauso teilnahmslos wie zuvor.

»Ah ja«, sagte er. »Erfreut, Sie kennenzulernen. Meine Schwester kennen Sie ja bereits, wie ich erfahren habe.« Er winkte die schlanke Frau im Kleid heran, die sich ein wenig abseits hielt, wo sie sich bis zu diesem Moment mit einem gut gekleideten Herrn von etwa sechzig Jahren unterhalten hatte.

Beide kamen Calweys Aufforderung nach und musterten die Vierergruppe mit neugierigem Blick.

Rieke Voss und Gerret Kolbe hatten ihre Köpfe in Richtung der Neuankömmlinge gedreht. Der Kommissarin fiel sofort auf, dass Marieke Calweys Verlobter Joost nicht mit von der Partie war. Passte er etwa nicht in das Bild, das die beiden Calweys heute von sich präsentieren wollten?

Sie steckte in einem dunkelblauen Abendkleid, das ohne Wenn und Aber für einen Anlass wie den Wiener Opernball gereicht hätte. Dazu schmückte eine zweireihige Perlenkette ihren Hals. An ihrem gebräunten linken Handgelenk funkelte eine goldene Armbanduhr, deren Rand mit einigen glitzernden Steinen besetzt war. Selbst wenn Letztere nicht echt waren, hatte die Uhr allein vermutlich ein Vermögen gekostet.

Calwey selbst kam in seinem Anzug etwas schlichter daher, ließ aber dennoch keinen Zweifel daran, dass auch er in einen feinen Zwirn gehüllt war.

Ihr Begleiter trug einen silbergrauen Seidenanzug mit Einstecktuch, auf Hochglanz polierte Schuhe und roch zudem nach Pomade.

»Wollen Sie uns Ihren Begleiter nicht vorstellen?«, wandte sich Rieke an Immo Calwey.

»Oh, aber selbstverständlich. Dies hier ist Waldemar van Dijk aus Den Haag. Er ist ein … Freund und Geschäftspartner. Herr van Dijk ist das erste Mal auf Langeoog.«

»Dann sollten Sie ihm morgen bei Tageslicht unbedingt ein paar der Sehenswürdigkeiten zeigen«, warf Hedda Lüürsen ein. »Es gibt so viele wunderschöne Ecken auf der Insel. Man muss nur den richtigen Blick dafür haben.«

Immo Calwey und van Dijk sahen die Malerin interessiert an und lächelten dabei um die Wette.

»Ganz sicher wird es unsere Zeit erlauben, die Insel noch ein wenig zu erkunden«, antwortete Calwey, bevor er sich an Rieke wandte. »Sagen Sie, hat sich in der anderen Sache zufällig noch etwas ergeben?«

Die Kommissarin sah zu ihm auf und schüttelte den Kopf. »Nein, bisher nicht.«

»Dann ist dieser Mann also noch nicht wieder aufgetaucht?«

»Nein.«

Calwey nickte versonnen. »Wie schade. Es hätte einiges Licht ins Dunkel gebracht, nicht wahr?«

»Darf ich Sie etwas fragen, Herr Calwey?« Rieke hatte sich in seine Richtung gebeugt und die Lautstärke ihrer Stimme einen Deut gedrosselt.

»Sie können mich alles fragen. Es kommt nur darauf an, ob ich die richtigen Antworten weiß.«

Die Ostfriesin deutete durch die halb geöffnete Schiebetür. »Es ist doch sicher kein Zufall, dass Frau Roth heute Abend auch hier ist? Und das in Begleitung ihrer Kollegin?«

»Natürlich nicht.« Calweys Gesicht wirkte für einen Augenblick wie eine Maske. Nicht ein Muskel regte sich darin. Zwei Sekunden verstrichen, in denen er wieder aufzuweichen schien. »Nachdem Sie heute bei mir waren und mir diese … etwas abstruse Geschichte erzählt haben, habe ich mich an die Reinigungsfirma gewandt. Ich wollte den Namen der Frau erfahren, die in meinem Haus einen derartigen Schock erlitten hat.« Calwey lächelte und breitete die Hände in einer jovialen Geste aus. »Es war mir irgendwie ein Bedürfnis, diesen Schrecken, obgleich ich nichts dazu kann, wieder auszugleichen.« Er beugte sich leicht zu Rieke Voss herunter. »Ich wollte den beiden Damen etwas Gutes tun, verstehen Sie? Also habe ich die beiden heute Abend hierher eingeladen. Da ich wusste, dass ich heute zu einem Geschäftsessen hier sein werde, kann ich die Rechnung gleich mit übernehmen.«

»Na, dann willkommen auf Langeoog«, sagte Kolbe trocken. Er hob sein Glas Rotwein und prostete Waldemar van Dijk zu.

Der Holländer nickte. Sein Blick schien etwas länger auf dem Kommissar zu ruhen als nötig. Er drehte sich erst um, als Calwey und seine Schwester sich in Bewegung gesetzt hatten und zielstrebig auf den Nebenraum zuhielten.

Kolbe starrte den dreien hinterher, bevor er sich wieder seinen Begleiterinnen zuwandte. »Was für ein aalglatter Hund.«

»Meinst du Calwey oder van Dijk?«, fragte Rieke.

»Wenn ich's mir recht überlege, beide. Calwey liegt aber im Augenblick noch um eine Nasenlänge vorn. Er hat vermutlich genau gewusst, dass du ihn nach Christel Roth fragen würdest.«

Die Kommissarin wiegte ihren Kopf hin und her. »Ich werde Enno morgen überprüfen lassen, ob Calwey wirklich bei der Reinigungsfirma angerufen hat, um sich nach den Namen der beiden zu erkundigen. Wenn ja, war das möglicherweise ein verdammt geschickter Schachzug von ihm.«

»Du glaubst, er hat die beiden gekauft?«

»Zumindest Frau Roth.« Rieke blickte ungeduldig durch den Türspalt in den Nachbarraum hinüber. »Ich muss unbedingt allein mit ihr sprechen. Unter vier Augen.«

Kolbe, der ebenfalls versuchte, einen Blick hinüber zu erhaschen, verzog sein Gesicht zu einem Grinsen. »So wie die den Wein in sich reinschüttet, wirst du bestimmt bald Gelegenheit dazu haben.«

Und das stimmte tatsächlich. Als Christel Roth sich auf den Weg zu den Toiletten machte, erhob sich die Kommissarin ruckartig.

Rieke Voss hielt ihre Chance für gekommen.

Kapitel 12

Rieke Voss stand vor dem großen Spiegel des Waschraums und zog ihren Lippenstift nach. Eine Aufgabe, der sie sich nur scheinbar mit Hingabe widmete, bereits seit über sieben Minuten. Endlich ein Geräusch hinter ihr. Eine der Kabinentüren wurde geöffnet. Schritte näherten sich. Zunächst leicht zaghaft, dann bestimmter und zielsicherer.

Ein Schatten neben ihr, der zu einer Gestalt wurde.

Christel Roth nickte ihr zu und drehte den Wasserhahn am Nachbarbecken auf, um sich die Hände zu waschen.

»Ich hoffe, Sie nehmen es mir nicht übel, dass ich nach unserem Telefonat heute auch Lust aufs Essengehen bekommen habe«, begann die Kommissarin.

»Aber nein«, kam es schnell von der Seite zurück. Christel Roth hatte es eilig, das Wasser abzustellen und mit tropfnassen Händen zwei oder drei Papiertücher aus dem Spender an der Wand zu reißen.

»Wie ich sehe, haben Sie auch Herrn Calwey schon kennengelernt«, fuhr Rieke fort, die den Lippenstift inzwischen abgesetzt hatte und das Ergebnis prüfend im Spiegel begutachtete. »Wie kam das? Hat er Sie angerufen?«

»J-ja«, antwortete Christel. Sie warf die nassen Papierfetzen in den Müllbehälter und wollte sich zum Gehen wenden.

In diesem Moment drehte Rieke sich zu ihr um. »Frau Roth, was läuft hier für eine Sache?«

Die Angesprochene blinzelte. »Was für eine Sache? Was … was meinen Sie?«

»Die Sache mit Calwey. Es ist doch kein Zufall, dass er Sie heute angerufen hat.« Rieke richtete es so ein, der anderen den Weg zum Ausgang zwar nicht ganz zu versperren, ihn aber deutlich schmaler werden zu lassen.

Christel Roth verharrte mitten in ihrer Bewegung. Ihr sehnsüchtiger Blick richtete sich auf den schmalen Durchgang und die dahinterliegende Tür, die zurück ins Restaurant führte. Doch sie traute sich nicht, ihn zu gehen. Nicht, ohne der Kommissarin eine Antwort gegeben zu haben.

»Wollen Sie nicht darüber sprechen?«, hakte Rieke nach.

»Ich weiß nicht, was Sie von mir hören wollen«, antwortete Christel Roth. Ihr Gesicht zeigte eine rötliche Färbung. Der untere Rand ihrer Brille war beschlagen von der Hitze, die es ausstrahlte.

Rieke Voss versuchte es mit einem Lächeln. »Das Beste für uns alle wäre die Wahrheit, meinen Sie nicht?« Die Kommissarin verstaute den Lippenstift in ihrem Täschchen und blickte die andere erwartungsvoll an.

»Hören Sie, es ist mir etwas unangenehm«, presste Christel Roth hervor, »aber ich muss Ihnen mitteilen, dass … dass ich mich möglicherweise getäuscht habe.«

»Sie wollen damit sagen, dass Sie sich nicht mehr ganz sicher sind?«, hakte die Kommissarin nach.

»Nein«, antwortete Christel in einem beinahe schon verzweifelt klingenden Ton. »Nein, ich … ich habe mich wohl einfach vertan, das ist alles.«

»Sie wollen mir also sagen, dass da kein Toter in Calweys Haus gelegen hat?«

»Ja. Genau das. Es tut mir leid, dass ich Ihnen so viel Mühe bereitet habe.«

Rieke zuckte mit den Schultern. »Wir sind dazu da, Ihren Hinweisen nachzugehen. Und was Sie angeht, so schienen Sie mir doch recht überzeugt von Ihrer Sache zu sein. Sie waren sich absolut sicher, dass Sie etwas in dem Haus gesehen haben. Zumindest so sicher, dass Sie danach noch zur Polizeidienststelle gegangen sind.«

»Ja, ich weiß«, wand sich Christel Roth. »Und genau das tut mir leid. Es waren wohl eher meine Nerven, wissen Sie? Die haben mir einen Streich gespielt. So etwas passiert immerhin ab und zu, habe ich recht?«

Rieke Voss antwortete nicht. Sie sah ihrem Gegenüber tief in die Augen und erkannte das Flackern darin. Christel Roth strahlte Unsicherheit aus, geriet ins Schwitzen, obwohl es in dem Waschraum des Restaurants alles andere als warm war.

»Die Tatsache, dass Herr Calwey mit Ihnen gesprochen und Sie und Frau Wollesen in dieses Restaurant eingeladen hat, spielt bei Ihrem Sinneswandel keine Rolle?«

»Nein. Natürlich nicht.«

»Er hat Ihnen nicht etwa gedroht?«

Der Gedanke schien Christel zu erschrecken. Sie öffnete ihre Lippen, saugte etwas Luft durch die Zähne und schloss ihren Mund gleich darauf wieder. Sie schickte ein Kopfschütteln hinterher.

Die Inselkommissarin nickte kurz und trat einen Schritt beiseite. Christel nutzte diese Geste, um sich mit einem gequält wirkenden Lächeln an der Beamtin vorbeizudrücken.

Rieke wartete, bis die andere die Tür zum Lokal erreicht hatte. »Eine Sache noch, Frau Roth?«

Christel drehte sich um, die Türklinke bereits in der Hand.

»Wie viel hat Ihnen Herr Calwey dafür bezahlt? Ich hoffe, es ist etwas mehr für Sie herausgesprungen als nur dieses Essen hier.«

Christel Roth presste ihre Lippen fest aufeinander, riss die Tür auf und war im nächsten Augenblick verschwunden.

»Verflucht«, entfuhr es Rieke. Für die Dauer einiger Sekunden starrte sie ihr eigenes Spiegelbild an. Sie sah eine Frau im Licht. Aber dahinter war nichts als Dunkelheit. Schatten, die sich wehrten, ins Helle gezerrt zu werden. Und genau so fühlte sich die Kommissarin im Augenblick, wenn sie an diesen Fall dachte.

Es war für sie offensichtlich, dass es da etwas gab, das Christel Roth sich nicht auszusprechen wagte. Sie war eingeschüchtert. Entweder von Calwey oder seinem Geld. Vielleicht von beidem. Aber was genau wurde letzten Endes hier gespielt?

Rieke begriff, dass die Frau im Spiegel ihr diese Antwort unmöglich geben konnte. Sie wandte sich ab und blickte zur Tür hinüber. Die Antwort auf alle Fragen lag da draußen.

Irgendwo.

Kapitel 13

Gerret Kolbe hatte die Situation und die Pause zwischen dem Hauptgang und dem Dessert genutzt, um aufzustehen und zur Hotelbar hinüberzuschlendern. Er tat dies nicht ohne Grund, denn er hatte von seinem Platz aus jemanden gesehen, den er kannte.

Als er die Bar erreichte, ließ er sich auf dem freien Hocker neben dieser Person nieder.

»Guten Abend, Herr Kommissar«, sagte Joost Jessen. »Na? Ist das Essen nicht nach Ihrem Geschmack?«

»Eine Currywurst hätte es auch getan«, antwortete Kolbe grinsend und gab dem Barmann ein Zeichen. »Trinken Sie auch noch was?«, fragte er.

Jessen verzog die Lippen zu einem Lächeln. »Wenn das eine Einladung ist, sag ich nicht Nein.«

»Was trinken Sie?«

»Whisky. Ohne Eis.«

Kolbe deutete auf das leere Glas auf der Theke und hob in Richtung des Barkeepers zwei Finger seiner linken Hand. Der Mann hinter dem blankpolierten Tresen nickte ihm zu und machte sich stumm an die Arbeit.

Kolbe deutete mit seinem Daumen hinter sich. »Sollten Sie jetzt nicht auch bei den anderen da drinnen sein?«

Jessen fuhr sich mit der Hand über sein glattes Kinn und lachte kurz auf. »Eine Frage, die ich Ihnen genauso stellen könnte. Aber was mich angeht … ich passe nicht in die Runde da drinnen. Würde vermutlich nur stören.«

»Wobei genau?«, wollte Kolbe wissen.

Jessen winkte ab. »Geschäftliche Gespräche. Verhandlungen, die die Firma betreffen. Da halte ich mich besser raus.«

Der Barmann stellte ihnen zwei Gläser hin, in denen sich eine gut bemessene Fingerbreite goldgelber schottischer Whisky befand.

»Ich verstehe«, sagte Kolbe, der sein Glas in den Händen drehte. »Und welche Rolle spielt der Mann aus Holland dabei?«

»Sie meinen diesen van Dijk? Ist das eine private oder berufliche Frage?«

Kolbe lächelte seinen Nebenmann an. »Schwer zu sagen. Manchmal weiß ich selbst nicht, wie ich beides voneinander trennen soll. Sie müssen also nicht drauf antworten, wenn Sie nicht wollen.«

Jessen lachte humorlos in sich hinein. Er wandte seinen Kopf in Kolbes Richtung und prostete ihm zu. Sie tranken.

Als er das Glas absetzte und einen Blick auf den Rest Whisky warf, sagte Jessen: »Waldemar van Dijk hat offenbar großes Interesse daran, die Firma der Calweys zu kaufen. Im Augenblick dürfte da drüben gerade der Preis dafür ausgehandelt werden.«

Kolbe stieß einen leisen Pfiff aus. »Damit hatte ich nicht unbedingt gerechnet. Woher stammt der Wunsch, alles zu verkaufen? Ging er von Marieke Calwey aus? Sind Sie beide deswegen hier?«

Der andere schüttelte den Kopf. »Marieke hat nichts dagegen, zu verkaufen. Sie hat ohnehin von jeher kein großes Interesse an dem Familienunternehmen gehabt. Das ging immer von Immo aus, der die Firma ja nun auch viele Jahre geführt hat. Aber er hat eben jetzt auch ein Alter erreicht, in dem er nicht mehr die ganze Verantwortung tragen und es ein wenig ruhiger angehen lassen will. Daher hat er sich entschieden, seine Anteile zu Geld zu machen. Und Marieke ist letztlich auf den Zug aufgesprungen.« Jessen lachte leise. »Vermutlich glauben die beiden, dass sie van Dijk so zu einem höheren Kaufpreis treiben können.«

»Ein lohnenswertes Geschäft?«, hakte Kolbe nach. »Ich meine … von welcher Summe reden wir dabei?«

»Ganz ehrlich? Keine Ahnung.« Jessen griff nach seinem Glas und leerte es. »Calwey lässt sich da nicht in die Karten blicken. Und was Marieke angeht …« Er schüttelte den Kopf. »Sie ist derart naiv. Sie wird vermutlich jede Summe nehmen, die der Holländer anbietet.«

»Ist sie etwa in Geldnöten?«, fragte Kolbe.

»Nein, das nicht. Aber sie besitzt kein Verhandlungsgeschick. Absolut null. Van Dijk wird keine zwei Minuten brauchen, um das rauszufinden.«

»Aber Ihr zukünftiger Schwager ist doch ganz sicher aus einem anderen Holz geschnitzt«, bemerkte Kolbe. »Er macht mir nicht den Eindruck, als würde er den Laden unter Wert verkaufen. Und möglicherweise sind doch Windkraftanlagen schon bald wieder groß im Kommen.«

»Da bin ich mir nicht so sicher«, gab Jessen zurück. »Der Markt ist in den letzten Jahren kaputtgemacht worden. Viele Mitanbieter existieren schon gar nicht mehr. Die Chinesen haben weite Teile der Produktion übernommen. Weil sie billiger sind. Ich glaube, Immo und Marieke können froh sein, wenn van Dijk das Geschäft überhaupt mit ihnen macht.«

Kolbe bestellte ungefragt zwei neue Drinks. »Klingt aber alles in allem doch danach, als ob Sie drei ausgesorgt hätten, wenn das Geschäft gelaufen ist.«

Jessen hob abwehrend die Hände. »Die beiden sicher. Was mich angeht …«

»Was machen Sie beruflich?«, fragte der Kommissar geradeheraus.

»Ich war lange Zeit von Beruf Sohn«, antwortete der Blonde. »Mein Vater hat mich studieren lassen. Aber ich habe das Studium abgebrochen, weil es mich einfach angeödet hat, irgendwelche Betriebskennzahlen büffeln zu müssen. Ich habe lange Kämpfe mit meinem Vater ausfechten müssen, dafür, dass er mich dann irgendwann hat ziehen lassen. Seitdem bin ich als Sozialarbeiter an einer Schule in Oldenburg tätig.«

Kolbe schürzte die Lippen. »Meinen Respekt. Das hatte ich nicht erwartet.«

»Ich gebe sogar manchmal Vertretungsstunden in Sport und Musik.« Jessen sagte es mit einem gewissen Stolz in der Stimme. Er nahm das neue Glas entgegen und prostete dem Kommissar erneut zu. »Besten Dank dafür.«

»Keine Ursache.« Kolbe kippte seinen Drink, stellte das Glas ab und genoss das wohlig brennende Gefühl in der Magengegend. »Wie stehen Sie zu Ihrem Schwager in spe? Haben Sie ein gutes Verhältnis zu ihm?«

Der Angesprochene zuckte kurz mit den Schultern. »Keine Ahnung, was Sie als ein gutes Verhältnis bezeichnen. Ich habe ihn natürlich über Marieke kennengelernt, die mich ihm vor sechs Jahren vorgestellt hat. Er ist fast auf den Tag genau zehn Jahre älter als ich. Und das macht sich irgendwie auch bemerkbar. Wir haben kaum gemeinsame Themen. Er interessiert sich für Wirtschaft, ich für Musik. Er für die Börse und ich für Fußball.«

»Klingt so, als hätten Sie sich viel zu erzählen«, flachste Kolbe.

Jessen grinste. »So ungefähr. Deswegen habe ich auch kein Interesse an diesem Gespräch da drinnen. Wozu auch? Ich bin in den ganzen Firmenkram eh nicht involviert.«

»Bestand denn nie die Aussicht darauf, einen Posten in der Firma zu übernehmen? Oder hatten Sie kein Interesse daran?«

»Calwey hat es mir angeboten«, antwortete Joost Jessen. »Genau zweimal. Dann hat er wohl auch eingesehen, dass ich nicht der Richtige dafür wäre. Außerdem …«

Eine Pause entstand.

»Außerdem … was?«, fragte Kolbe.

»Außerdem wollte ich mich nicht in eine Art Abhängigkeit von meinem zukünftigen Schwager begeben. Ich glaube, wir sind einfach zu verschieden. Das hätte nicht funktioniert.«

»Vielleicht war das eine kluge Entscheidung von Ihnen.« Der Kommissar entschied sich dazu, das Thema zu wechseln. Und das tat er reichlich spontan. »Haben Sie je Arno Calwey kennengelernt?«

Jessens Blick blieb ruhig. Auch machte er keine unnütze Bewegung. So als sei diese Frage ganz normal für ihn.

»Seltsam, dass Sie nach dem fragen. Das ist jemand, den ich nur aus Erzählungen kenne. Und auch das nur ganz am Rande, denn weder Immo noch Marieke sprechen wirklich oft von ihm. Arno war mehr so das schwarze Schaf der Familie, wissen

Sie? Hatte sich schon früh mit seinem Vater verkracht und ist dann später ausgewandert. Nach Australien. Irgendwo in die Nähe von Alice Springs, soweit ich weiß.«

»Sie sagten eben, Arno war das schwarze Schaf der Familie«, bemerkte Kolbe. »Haben Sie absichtlich in der Vergangenheitsform von ihm gesprochen?«

Jessen drehte sich halb zu dem Kommissar um. »Ich dachte, Sie wüssten es bereits.«

»Was?«, fragte Kolbe. »Was sollte ich wissen?«

Sein Gegenüber blickte ihn ernst an. »Arno Calwey organisierte für Abenteurer Touren ins Outback. Er ist vor etwa einem halben Jahr losgezogen, um eine neue Tour zu planen.« Jessens Gesicht nahm einen leicht melancholischen Ausdruck an.

»Arno Calwey ist nie von dort zurückgekehrt.«

Kapitel 14

Die vier verließen das Restaurant spät, gegen halb elf am Abend. Hedda Lüürsen verließ die Gruppe als Erste, da sie, wie sie angab, in ihrem Kleid entsetzlich fror.

Die Inselkommissare waren mit Bente Franzen vor dem Eingangsportal des Strandhotels stehen geblieben. Der Lichtschein drang nach draußen auf den gepflasterten Vorplatz und Teile der Grünanlagen.

Kolbe und Voss hatten inzwischen ihre Informationen ausgetauscht, während Bente Franzen stumm und hin und wieder kopfschüttelnd zugehört hatte.

»Der Kerl hat mich eiskalt angelogen«, platzte es aus Rieke Voss heraus. »Als ich ihn nach dem Grund fragte, warum sich seine Schwester und ihr Verlobter ausgerechnet jetzt auf Langeoog aufhalten, hat Calwey geantwortet, es handle sich um private Gründe.« Rieke sah ihren Kollegen giftig an. »Private Gründe! Und dabei geht es um nichts Geringeres als den Verkauf des Familienunternehmens.«

»Naja«, begann Kolbe vorsichtig, »vielleicht hat er dir diese private Entwicklung auch einfach nicht auf die Nase binden wollen, um die Verhandlungen mit van Dijk nicht zu gefährden.«

»So ein Blödsinn«, entfuhr es der Kommissarin. Sie sah ihren Kollegen leicht schräg an. »Sag mal, du versuchst doch nicht etwa, ihn in Schutz zu nehmen, oder?«

»Bestimmt nicht«, gab Kolbe zurück. »Und wenn du mich fragst, gebe ich dir inzwischen recht, dass an dieser ganzen Sache etwas faul ist. Vor allem an Christel Roths plötzlichem Rückzieher, was ihre Aussage angeht.«

»Du hättest sie sehen sollen. Sie hat mit ihrem Blick gar nicht gewusst, wohin. Sie wusste, dass ich sie durchschaut habe. Kolbe, hier spielt irgendjemand ein ganz hundsgemeines Spiel mit uns.«

»Sie wird es nicht durchhalten können«, sagte Bente Franzen leise.

Die Inselkommissare drehten sich gleichzeitig zu ihr um. Die Vermieterin hatte sich eine Stola übergeworfen, die sie an zwei Enden vor der Brust zusammenhielt.

»Was haben Sie gesagt?«, fragte Rieke sicherheitshalber.

Bente blickte die Kommissarin an. Beinahe scheu wie ein Reh.

»Falls diese Frau lügt, wird sie es nicht lange durchhalten können. Ich habe sie nur kurz im Restaurant gesehen, aber sie ist nicht der Typ, der jemandem auf Dauer etwas vormachen kann. Wenn es eine schwache Stelle in dieser ganzen Konstellation gibt, dann ist sie es.«

»Damit könntest du recht haben«, antwortete Kolbe mit insgeheimer Bewunderung für sie, »aber was nützt es, wenn sie uns gegenüber den Mund nicht aufmachen will?«

»Jede Wette, dass Calwey sie gekauft hat«, fügte Rieke hinzu. »Er weiß, was es mit dem Toten in seinem Haus auf sich hat. Und er hat die Roth dafür bezahlt, dass sie die Klappe hält.«

»Vielleicht hat er sie auch eingeschüchtert«, gab Kolbe zu bedenken.

Rieke schüttelte nachdenklich den Kopf. »Ich glaube, dass Geld geflossen ist. Oder noch fließen wird. Immerhin wird Calwey in Kürze über jede Menge davon verfügen.«

»Vorausgesetzt, das Geschäft wird heute unter Dach und Fach gebracht.«

»Ganz sicher«, sagte sie und deutete auf eines der hell erleuchteten Fenster. »Sie sitzen ja noch immer da drinnen. Als wir gingen, haben sie sich gerade eine Flasche Schampus bestellt. Das hätten sie sicher nicht getan, wenn sie sich über den Verkauf nicht einig gewesen wären.«

»Die Inselkommissare live bei der Arbeit«, warf Bente Franzen ein. »Schön, das mal aus nächster Nähe zu erleben. Aber ich fürchte, mir geht es inzwischen ähnlich wie Hedda Lüürsen.« Sie blickte an ihrer schlanken Gestalt herab, bis zu ihren halb entblößten Füßen.

»Ich werde dich nach Hause bringen«, entschied Kolbe und zwinkerte dabei seiner Kollegin zu.

Bente Franzen trat auf Rieke Voss zu und reichte ihr die Hand. »Es war ein sehr besonderer Abend«, sagte sie. »Sicher die ungewöhnlichste Einladung zum Essen, die ich je erhalten habe. Ich wünsche Ihnen und Gerret viel Erfolg bei Ihrem Fall. Und … passen Sie gut auf sich auf. Sie beide, meine ich.«

»Wir geben uns Mühe«, antwortete Rieke mit einem Lächeln auf den Lippen. Sie nickte ihrem Kollegen zu. »Wir sehen uns morgen, Kolbe?«

Der Kommissar vollführte eine halbe Drehung, formte seine rechte Hand so, als würde sie eine Pistole halten, und betätigte dabei den unsichtbaren Abzug.

»Spinner«, sagte Rieke. Sie sah den beiden nach, wie sie die Treppe hinuntergingen. Dabei hatte Kolbe seinen Arm um Bente Franzens Taille gelegt. Gemeinsam nahmen sie die Stufen und traten auf den Kavalierpad hinaus, auf dem sie schon bald in der Dunkelheit verschwunden waren.

Rieke fühlte die Einsamkeit in sich wie den Stich mit einer glühenden Nadel, die bis in ihr tiefstes Inneres drang.

Es war nicht so, dass sie den beiden ihr junges Glück nicht gönnte, vielmehr spürte sie, dass sie vor Kurzem etwas verloren hatte, wovon sie fest überzeugt gewesen war, dass es sich dabei um etwas Sicheres, Endgültiges gehandelt hatte. Kurz darauf hatte sie abermals lernen müssen, wie vergänglich und zerbrechlich das Glück sein konnte.

Sie wünschte sich, Kolbe würde es festhalten können. Wenigstens für eine Weile.

Ein Geräusch hinter ihr ließ sie herumfahren. Ein glühender Punkt war in der Dunkelheit einer Nische zu sehen. Eine Gestalt trat daraus hervor und kam auf sie zu.

Der Mann trug einen Mantel, dessen Kragen er hochgeschlagen hatte. Er trat ins Licht und wurde zu Joost Jessen, der ihr zunickte. »Guten Abend, Frau Kommissarin.«

»Hallo, Herr Jessen. Was tun Sie denn ganz allein hier draußen?«

Er drehte sich kurz in Richtung des Eingangs um, bevor er sich wieder der Polizistin zuwandte. »Warten. Auf die da drinnen.«

»Wäre das an der Bar nicht etwas gemütlicher?«

Er lächelte flüchtig. »Das habe ich schon hinter mir. Ich habe mich mit Ihrem Kollegen unterhalten. Aber das hat er Ihnen vielleicht schon erzählt. Im Augenblick mache ich nichts anderes, als meinem Laster nachzugehen und dabei die frische Luft zu genießen. Und Sie?«

Rieke zuckte mit den Schultern und fröstelte dabei. »Vielleicht warte ich auch. Nur weiß ich noch nicht, auf was oder wen.«

»Klingt spannend, irgendwie.« Jessen legte den Kopf leicht in den Nacken und blies den Rauch aus, der sofort vom Wind erfasst und davongetragen wurde.

»Schon komisch«, fügte er nach einer Weile hinzu. Er deutete auf die hellen Fenster und die Gäste dahinter, die hier und da im Restaurant noch an den Tischen saßen. »Irgendwie habe ich früher immer davon geträumt, zu denen da drinnen zu gehören. Sie wissen schon, zu denen, die es sich leisten können, um diese Zeit da drinnen zu sein und sich das Teuerste vom Teuersten zu bestellen.«

»Und was ist aus Ihren Träumen geworden?«, fragte Rieke.

Jessen blies die Luft aus. »Haben sich in Rauch aufgelöst. Und das ist nicht mal schlimm. Ich habe nämlich festgestellt, dass es denen da drinnen auch nicht besser geht, nur weil sie vielleicht das Privileg haben, sich Garnelen und den besten Wein leisten zu können. Es sind Menschen, die alle irgendwelchen Zwängen unterliegen.«

»So wie Ihre Verlobte und ihr Bruder?«

Er nickte, warf seine Zigarette zu Boden und trat sie aus. »Genau das habe ich gemeint. Calwey und Marieke biedern sich und das Familienunternehmen gerade gegenüber diesem van Dijk an. Je netter sie zu ihm sind, je großzügiger und je mehr sie ihm nach dem Mund reden, desto mehr erhoffen sie sich beim Verkauf herauszuholen. Ich weiß nicht, wie es Ihnen geht, aber ich finde es falsch. Geradezu widerlich. Und dann bin ich mit einem Mal froh, dass ich hier draußen stehen kann. Genau hier, zusammen mit Ihnen.«

»Das haben Sie sehr schön gesagt«, antwortete Rieke. »Aber wie lässt sich das Leben bestreiten, wenn man immer nur abseits steht und zusieht, wie die anderen ihr Leben leben?«

Jessen hatte seine Hände tief in den Taschen seines Mantels vergraben. Offensichtlich fror er. Er wippte auf den Zehenspitzen.

»Die Kunst ist, sich nicht unterkriegen zu lassen«, sagte er nach einer Weile. »Von niemandem.«

Er blickte auf, als sich die Tür des Hotels hinter ihnen öffnete und drei Personen hervortraten. Jemand rief etwas, das nicht zu verstehen war. Kurz darauf ertönte das leise Lachen einer Frau. Schritte näherten sich.

Die Calweys kamen. Marieke hatte sich bei ihrem Bruder untergehakt. Es war schon von Weitem sichtbar, dass sie an diesem Abend mehr als nur ein Glas zu viel getrunken hatte.

Immo Calwey hatte sein Kreuz durchgedrückt und musste einiges an Kraft aufbieten, um seine Schwester zu stützen. Neben ihnen ging, mit offenem Mantel, Waldemar van Dijk. Sein Gesicht glänzte speckig und war gerötet, ebenso wie seine Nase, durch die einige geplatzte Äderchen leicht violett hindurchschimmerten.

»Joost, würdest du mir bitte deine Verlobte abnehmen? Ich fürchte, ihr letztes Glas war schlecht.« Calwey ächzte leise, als er seine Schwester in die Arme des anderen übergab. Danach rieb er seine Handinnenflächen gegeneinander, so als hätte er sie mit irgendetwas beschmutzt. Sein Blick fiel auf Rieke. Der Ausdruck in seinen Augen änderte sich dabei nicht.

»Frau Kommissarin«, sagte er in sachlichem Ton und ging einen Schritt auf die Ostfriesin zu. »Hat man Sie etwa alleingelassen?«

»Auf dieser Insel ist man nie wirklich allein, Herr Calwey. Es geht hier alles recht familiär zu. Ich hatte angenommen, Sie hätten diese Erfahrung auch bereits gemacht.«

»Ach, tatsächlich?« Seine Mundwinkel zuckten.

»Sie haben mir heute bei meinem Besuch gar nichts von Ihrem gemeinsamen Bruder Arno erzählt«, fuhr Rieke fort.

»Hätte ich einen Anlass gehabt? Sie haben mich nicht nach ihm gefragt.«

»Wir haben erfahren, dass er seit geraumer Zeit verschollen ist.«

Calwey senkte den Blick einen Deut. Van Dijk, der die Gesprächsfetzen aufgeschnappt hatte, trat von hinten an ihn heran und legte ihm einen Arm auf die Schulter.

»Ja, das ist richtig«, räumte Calwey ein. »Mein Bruder ist, jedenfalls soweit wir das von den zuständigen Behörden erfahren haben, von einer Reise ins australische Outback nicht zurückgekehrt. Ebendiese Behörden machen sich und uns wenig Hoffnung, dass er noch am Leben ist. Ich fürchte, wir müssen mit dem Schlimmsten rechnen.«

»Dit is slecht, mijn vriend«, kommentierte van Dijk und verstärkte den Druck seiner Hand. Sein vom Champagner glasiger Blick wanderte währenddessen über Riekes Körper. Die Kommissarin brauchte nicht viel Fantasie, um zu ahnen, welche Bilder sich gerade in seinem Hirn abspielten.

»Ich hoffe, das ungewisse Schicksal Ihres Bruders hat keine Auswirkungen auf Ihre heutigen Verhandlungen«, fuhr die Ostfriesin fort.

Hinter ihr ein Lachen, das aber offensichtlich nichts mit dieser Situation zu tun hatte. Marieke Calwey reagierte nur auf Jessens bescheidene Versuche, sie im Zaum zu halten.

»Mein Bruder hat sich schon vor Jahren aus der Familie und allem, was damit zusammenhängt, ausgeklinkt«, erklärte Calwey. Dabei hatte seine Stimme einen salbungsvollen Ton angenommen.

»Bleiben Sie für länger auf Langeoog?«, wechselte Rieke das Thema.

»Für zwei oder drei Tage. Bis die Verträge zwischen uns unter Dach und Fach sind. Den Rest regeln dann unsere Anwälte, stimmt's?«

Ein seitlicher Blick auf van Dijk, der in ein zustimmendes Gelächter ausbrach. Dazwischen flüsterte er Calwey etwas ins Ohr, das Rieke nicht verstand. Sie wurde jedoch das Gefühl nicht los, dass es dabei um sie ging.

»Wo kann ich Sie erreichen, wenn ich noch Fragen an Sie haben sollte?«, fragte sie.

Calwey deutete hinter sich. »Hier im Hotel. Herr van Dijk und ich sind nur mit herausgekommen, um meine Schwester zu verabschieden.«

Wieder Getuschel zwischen den Männern. Der Mann aus Den Haag redete leise und undeutlich. Rieke verstand kaum mehr als das Wort *Hotel*.

Calwey wandte sich an Jessen. »Sieh mal zu, dass du sie nach Hause bekommst. Ich fürchte, es wird gleich wieder zu regnen anfangen.«

»Wie du meinst«, gab Jessen zurück. Sein Blick traf kurz den der Kommissarin. Rieke konnte den Ausdruck darin nur schwer deuten. Er hatte jedoch nichts mit Sympathie für einen der beiden anderen Männer zu tun.

Marieke Calwey gelang es, sich von ihrem Verlobten loszureißen. Mit kurzen, trippelnden Schritten kam sie auf die Kommissarin zu und fasste sie am rechten Arm.

»Lassen Sie sich ja nicht von van Dijk auf einen Drink ins Hotel einladen«, raunte sie. »Er will Sie nur mit aufs Zimmer locken. Bei mir hat er es vorhin auch schon versucht.«

»Danke für den Tipp«, antwortete die Ostfriesin.

Marieke zwinkerte ihr zu und ließ es geschehen, dass Joost Jessen sie abführte. Die Kommissarin sah den beiden nach.

Mit einem Mal war van Dijk neben ihr, ohne dass sie es bemerkt hatte.

»Ga je met me mee nar het Hotel?« Van Dijk stand wankend vor ihr. Rieke roch seinen alkoholgeschwängerten Atem und einen kläglichen Rest Herrenparfüm. Sie sah den Mann giftig an und schüttelte lediglich den Kopf.

Van Dijk zuckte die Achseln. »Dit is jammer.«

»Sehen Sie es ihm nach«, sagte Calwey leise, nachdem der Holländer sich abgewandt hatte. »Er hat etwas zu viel Champagner intus. Morgen tut es ihm wahrscheinlich wieder leid.«

»Im Gegensatz zu Ihnen?«, fragte Rieke.

Calwey blinzelte. »Falls Sie damit den Schampus meinen, ich habe mich, was den angeht, sehr zurückgehalten. In derlei Angelegenheiten behalte ich gerne einen klaren Kopf.«

Rieke nickte. »Das ist sicher hilfreich, bei allem, was Sie vorhaben.«

Calwey blickte van Dijk nach, dem es plötzlich eingefallen war, ins Hotel zurückzukehren. Dann wandte er sich wieder der Inselkommissarin zu.

»Kann es sein, dass Sie mich wegen irgendeiner Sache verdächtigen? Ist es immer noch wegen dieser angeblichen Leiche in meinem Ferienhaus? Der Mann, der nicht mehr aufgetaucht ist?«

»Wenn er auftauchen sollte, hätten Sie vermutlich ein größeres Problem«, gab Rieke zurück.

»Schon möglich. Die Betonung liegt auf dem Wörtchen *wenn*. Vielleicht sind Sie ja eines Tages so nett, mir zu erklären, was ich mir habe zuschulden kommen lassen.«

Rieke Voss hielt dem Blickduell, zu dem Calwey sie gerade aufforderte, stand. »Könnte sein, dass der Tag schon früher kommt, als Ihnen lieb ist. Gute Nacht, Herr Calwey. Ich hoffe, Sie haben angenehme Träume heute Nacht.«

Kapitel 15

Die letzte Fähre von Langeoog hatte längst abgelegt. Vor Stunden schon. Aber sie waren vorbereitet, hatten gewissermaßen vorgesorgt. Auch wenn sie dafür noch ein ganzes Stück hatten zu Fuß laufen müssen.

Sina Wollesen kramte im Schein einer Handytaschenlampe in ihrer Handtasche herum. Es raschelte und klirrte leise.

»Ich finde nichts in dem verdammten Ding! Gar nichts!«

Zu allem Überfluss hatte es zu regnen begonnen. Der Wind trieb das eiskalte Wasser quer unter den Dachüberstand, wo sich die beiden Frauen aufhielten.

Sina kramte weiter. Ein Lippenstift fiel aus der Tasche und rollte über den Bretterboden vor dem Haus.

»Lass liegen, tritt sich fest«, raunte sie Christel Roth zu, die das Handy hielt und sich nach dem Stift bücken wollte.

»Bist du sicher, dass du den Schlüssel eingesteckt hast?«

»Ja doch«, gab die Blonde zurück. Eine lange Haarsträhne hatte sich gelöst und hing ihr nass und quer im Gesicht.

»Ich dreh gleich durch«, zischte sie, während sich ihr rechter Unterarm nahezu komplett in die Handtasche vergraben hatte. Erneut war ein leises Klirren zu hören. Sina packte zu und zog ihren Arm heraus.

Das fahle Licht der Lampe fiel auf zwei kleine silberne Schlüssel, die an einem einfachen Ring befestigt waren.

»Jetzt muss er nur noch passen«, stieß Sina aus, vollführte eine halbe Drehung und rammte den Schlüssel ins Schloss.

Kurz darauf sprang die Tür auf und schwang leise knarrend ins Innere.

»Na, wer sagt's denn? Jetzt mal nichts wie rein!«

Das Licht der improvisierten Lampe schaltete sich ab, vermutlich weil der Akku des Handys leergelaufen war.

Die beiden Frauen schlüpften nacheinander über die Schwelle und schlossen die Tür hinter sich.

In die Dunkelheit hinein fragte Christel: »Und dein Ex hat wirklich nichts dagegen, wenn wir die Nacht in seinem Haus verbringen?«

»Nee«, raunte Sina zurück. Christel hörte ihre Kollegin im Dunkeln herumtasten. »Genau genommen weiß er gar nichts davon. Ich glaube, er weiß nicht mal, dass ich noch den Schlüssel habe.«

»Ach, so ist das«, sagte Christel mit einem plötzlich aufwallenden mulmigen Gefühl. »Aber wenn er nun plötzlich vor der Tür steht? Was dann?«

»Nun mach dir mal keine Sorgen. Stefan ist für ein halbes Jahr auf Montage im Ausland. Wir können hier theoretisch bleiben, solange wir wollen. Und mit dem Saubermachen sollten wir zwei ja auch kein Problem haben.« Sina kicherte, während sie weiter durch das Dunkel tappte. Ein Dielenbrett knarrte.

»Könnten wir vielleicht etwas Licht einschalten?«, fragte Christel.

»Was glaubst du, was ich hier gerade versuche? Irgendwo hier muss er sein.«

»Wer?«

»Der beknackte Lichtschalter. Ah, ich glaub, ich hab ihn.«

Ein leises Klicken war zu hören. Ansonsten änderte sich nichts. Es blieb genauso finster wie zuvor.

Christel hörte ihre Kollegin einen leisen Fluch ausstoßen.

»Sina? Was ist los?«

»Ich habe vergessen, dass der Strom erst funktioniert, wenn ich die Hauptsicherung eingeschaltet habe. Und die ist draußen hinterm Haus.«

»Aber …«

»Warte am besten hier. Ich bin gleich wieder zurück.«

Noch ehe Christel Roth etwas erwidern konnte, hatte Sina die Tür aufgerissen und war im Regen verschwunden. Ein paar platschende Schrittgeräusche waren im nassen Untergrund vor dem Haus zu hören, dann regierten nur noch der Wind und der Regen.

Die Tür war wieder aufgeflogen. Christel Roth stand mitten in einem ihr vollkommen unbekannten Raum und starrte auf das schwarzgraue Viereck, das sich hinter der Türöffnung abzeichnete. Der quertreibende Regen war mehr zu erahnen, als dass sie ihn tatsächlich mit bloßen Augen erkannte. Nur das Geräusch der hereinwehenden Tropfen war zu hören, wenn sie die Schwelle oder den Dielenboden erreichten.

Tapp, tapp, tapp ...

Christel fischte ihr Handy aus der Tasche, musste jedoch zu ihrem Bedauern feststellen, dass es sich nicht mehr einschalten ließ. Der Weg über die Insel und durch die unbeleuchtete Dünenlandschaft hatte seinen Tribut gefordert.

Sie wagte kaum, sich zu bewegen. Gerade hatte sie es einmal versucht und war prompt mit dem Schienbein irgendwo gegengestoßen. Sie saugte scharf die Luft ein und verbiss sich dabei einen Schmerzlaut. Dabei horchte sie in die Geräuschkulisse hinein. Keine Schritte. Nichts. Einmal glaubte sie, ein leises klappendes Geräusch von draußen zu hören. Vielleicht hatte Sina endlich den Sicherungskasten gefunden. Wohin, um alles in der Welt, hatte ihre Kollegin dafür nur laufen müssen?

Vielleicht war alles ein Fehler gewesen, überlegte sie. Vielleicht war es auch nicht gut, hier zu sein. Das Geld in ihrer Tasche, das viele Bargeld, es wog mit einem Mal schwerer, als es sollte. Christel fragte sich, nicht zum ersten Mal an diesem Abend, in dieser Nacht, worauf sie sich da eingelassen hatte. War sie der Sache gewachsen? Sie kannte die Antwort. Insgeheim wusste sie alles, doch sie wagte nicht einmal daran zu denken, was passieren könnte.

War es zu spät, einen Rückzieher zu machen? Immerhin konnte sie das Geld einfach wieder zurückgeben. Noch hatte sie nicht einen Euro davon verbraucht. Aber dann. Was war dann? Würde es nicht eine noch unangenehmere Situation herbeiführen? Immerhin wusste sie, was geschehen war. Und sie kannte die verantwortliche Person. Und bestand nicht die reale Gefahr, dass ebendiese Person die Rückgabe des Schweigegeldes, denn um nichts anderes handelte es sich, missverstehen könnte?

Während Christel auf Sina wartete, fühlte sie eine nahezu unerträgliche Hitze in sich aufsteigen. Sie hatte mit der Enge des Raums zu tun, mit der Dunkelheit und, was am schwersten wog, mit ihrem schlechten Gewissen, das sich ganz plötzlich mit brachialer Gewalt einstellte.

Sie wünschte sich, all das wäre nicht geschehen. Sie wollte nicht mehr hier sein. Sie wünschte sich an einen Ort, möglichst weit weg von …

Dumpfe Schritte ertönten auf dem Dielenboden. Sie näherten sich unfassbar schnell.

Sina, dachte Christel. Doch sie wusste es insgeheim besser, denn Sina war noch immer mit dem Sicherungsschalter hinter dem Haus beschäftigt. In diesem Moment war ihr leiser Fluch von draußen zu hören.

Eine kalte, nasse Hand legte sich auf Christels Mund und presste in derselben Sekunde hart zu. Ihr Kopf wurde in den Nacken gedrückt. Ihre Knie knickten ein, doch jemand hielt sie gnadenlos umklammert.

Auf ihren Lippen waren Regenwasser und der Geschmack von Gummi. Etwas Warmes pulsierte unter dem Material.

Christel Roth wollte schreien. Sie versuchte es mit all ihrer Kraft, doch alles, was nach außen drang, waren halb erstickte Laute, die sich in das Prasseln des Regens mischten und darin untergingen.

Christel glitt zu Boden. Fast war ihr, als würde sie schweben. Behutsam berührte ihr Hinterkopf die staubigen Dielenbretter. Ihre Hände waren zu Fäusten geballt. Sie schlug immer wieder zu, doch wurden ihre Bewegungen immer langsamer und kraftloser, bis ihre Arme herabsanken und neben ihrem Körper zu Boden klatschten.

Licht flammte auf. Unter der Zimmerdecke. Gleißend hell wie die Sonne. Christel blickte mitten hinein, bis die Helligkeit vor ihren Augen verschwamm und zu einer Finsternis wurde, die endgültig war.

***

Sina Wollesen sah das Licht aus den Fenstern strömen, kurz nachdem sie den Schalter umgelegt hatte. Sie sah den Regen, der sie in kürzester Zeit bis auf die Haut durchnässt hatte, in der Helligkeit quer gegen die Hauswand schlagen.

Mit einem festen Ruck klappte sie den Deckel des Sicherungskastens zu und drehte sich auf der Stelle um.

Auf dem schmalen Pfad, der rings um das Haus führte, hatten sich bereits die ersten Pfützen gebildet. Sina versuchte, sie zu umgehen, schaffte es aber nicht ganz.

Mit einem leisen Fluch zog sie ihren rechten Fuß aus einer knöcheltiefen Lache.

In diesem Augenblick glaubte sie, das Geräusch von hastigen Schritten zu hören, die sich vom Haus wegbewegten. Sie dachte automatisch an Christel, aber wenn eines nicht zu ihr passen wollte, dann war es mit Sicherheit diese Gangart.

Sina vergaß ihren nassen Fuß, wie sie überhaupt alles vergaß, je weiter sie sich dem Eingang näherte.

Als sie um die Ecke kam, huschte etwas in der Dunkelheit davon. Es hätte ein Tier, es hätte aber genauso gut alles andere sein können.

»Christel?« Sina setzte sich wieder in Bewegung. Ihre Beunruhigung steigerte sich, als sie keine Antwort erhielt.

Die Tür stand nach wie vor offen. Hatte sie sie so zurückgelassen? Der Raum dahinter war hell erleuchtet. Sina machte einen Schritt über die Schwelle und blieb wie erstarrt stehen.

Sie blickte zu Boden und schlug aus einem Reflex heraus die Hände vors Gesicht.

Kapitel 16

Sie hielten auf das Haus am Polderweg zu, Arm in Arm. Hin und wieder blickte der volle Mond durch rasant dahintreibende Wolken. Über dem Wattenmeer lag ein Gewitter, das von Zeit zu Zeit ein dunkles Grollen aus der Ferne zu ihnen schickte. Noch immer fiel der Regen.

Kolbe und seine Begleiterin waren bereits auf halbem Weg komplett durchnässt gewesen. Das dünne Kleid klebte Bente Franzen wie eine zweite Haut am Leib. Wasser tropfte aus ihrem langen Haar.

Die Birken vor dem Haus wiegten sich im Wind. Die Zweige streckten sich in Richtung des Hauses, ohne es je ganz zu berühren. Oben unter dem Dach brannte noch Licht. Eines der Fenster war trotz des Wetters leicht geöffnet. Daraus klang das Geklapper einer Schreibmaschine. Ladengast machte Überstunden.

Bente Franzen zog ihren Haustürschlüssel heraus, drehte sich jedoch vor der Tür noch einmal zu Gerret Kolbe um. Der Atem ging stoßweise durch ihren geöffneten Mund. Von ihrer Oberlippe perlte das Regenwasser.

»Es ist lange her, dass ich so glücklich war«, sagte sie. Dabei sah sie Kolbe ernst an. »Versprichst du mir etwas?«

»Was?« Kolbe strich sich das nasse Haar aus der Stirn.

Sie kam näher. Sie zitterte am ganzen Leib. »Wenn das hier ein Traum sein sollte, lass ihn bitte nie zu Ende gehen.«

Kolbe erwiderte ihren Blick. »Ich will dir nichts versprechen, was ich am Ende vielleicht nicht halten kann. Aber eines weiß ich ziemlich sicher: Das hier ist kein Traum. Oder fühlt sich das hier etwa so an?«

Er zog sie an sich. Ihre beiden Körper wurden im Dunkel der Türstelle zu einem. Hände begaben sich energisch und fordernd auf Wanderschaft, bis sie sich fanden und ineinander verschlangen.

Das Klingeln eines Handys mischte sich unter den gleichzeitig über das Meer heranwehenden Donner. Widerwillig lösten sich Kolbes Finger von Bentes und griffen in seine Hosentasche. Als er Riekes Namen auf dem Display erkannte, mischte sich sofort ein ungutes Gefühl der Vorahnung in seine Hochstimmung.

»Ja? Was gibt's?«

Riekes Stimme klang aufgelöst. »Kolbe? Wir haben einen Mord am Kavalierpad.«

Die Nachricht durchzuckte ihn wie ein elektrischer Schlag. »Was ist passiert?«

»Christel Roth. Hausnummer achtzehn. Wäre gut, wenn du sofort herkommst.«

Der Kommissar ließ die Hand mit dem Telefon langsam sinken. Er blickte Bente an, die sich von ihm gelöst hatte. Der zärtliche Ausdruck in ihren Augen war verflogen, genauso wie der Zauber des Augenblicks.

»Schlechte Nachrichten?«, fragte sie.

Kolbe nickte.

Sie fielen in das Haus ein wie zwei Einbrecher. Kolbe stürmte ohne ein weiteres Wort die Treppe nach oben und entledigte sich seiner nassen Sachen.

Nebenan pausierte das Geklapper der Schreibmaschine. Ladengasts blasses Gesicht tauchte für die Dauer von zwei oder drei Sekunden im Türspalt auf, als Kolbe bereits wieder auf dem Weg nach unten war.

Ausgestattet mit einer Regenjacke schwang er sich auf sein Fahrrad. Nur wenige Minuten später bog er in den Kavalierpad ein. Er brauchte nicht lange, um das Haus zu finden. Es war das einzige in der Straße, das um diese Zeit noch hell erleuchtet war.

Rieke erwartete ihn mit ernster Miene. Auf der Ecke eines Sofas saß Sina Wollesen. Sie hielt ihren Oberkörper mit den Armen umschlungen und zitterte. Ihr Haar war in Unordnung, ihr Gesicht von Tränen nass. Sie registrierte Kolbe kaum, als er über die Schwelle trat.

Rieke Voss musste nicht viel sagen. Der Kommissar hatte die Situation sofort erfasst.

Christel Roth lag mitten im Raum am Boden. Ihre Augäpfel wirkten hervorgequollen, ihr Mund war wie zu einem Schrei geöffnet. Ein Schrei, der nicht mehr stattgefunden hatte.

Kolbe beugte sich kurz über die Leiche. Christels Körper war noch warm. Keinen halben Meter von ihr entfernt lag ihre Handtasche. Sie war so gut wie leer. Der Inhalt war am Boden verstreut. Kolbe war in die Hocke gegangen und begutachtete die Reste eines zerbrochenen Schminkspiegels. Ein paar spitzzackige Scherben lagen auf den Dielenbrettern. Daneben ein kleines Fläschchen Parfüm. Ein Lippenstift war bis unter das Sofa gerollt, auf dem Sina saß. Ihr Oberkörper wiegte leicht vor und zurück, während sie immer wieder leise, schluchzende Laute von sich gab. Die Frau stand sichtlich unter Schock.

»Ich habe Doktor Leutner schon Bescheid gegeben«, sagte Rieke leise. »Er müsste jeden Augenblick hier sein.« Sie informierte Kolbe über das, was sie bisher von Sina Wollesen in Erfahrung gebracht hatte. Nicht, dass es viel gewesen wäre. Die Frau hatte sich hinter dem Haus am Sicherungskasten zu schaffen gemacht, während der Mörder ins Haus eingedrungen war und sein vermutlich vollkommen überraschtes Opfer überwältigt hatte. Sina hatte nicht mehr als einen Schatten gesehen, der sich eilig vom Haus wegbewegt hatte. Nichts weiter mehr.

»Keine Würgemale am Hals«, sagte Rieke leise. »Ich vermute, der Täter hat ihr etwas auf Mund und Nase gedrückt. Sie ist erstickt.«

Kolbe erhob sich langsam. »Man hat den Inhalt ihrer Handtasche durchwühlt. Vermutlich hat der Täter etwas ganz Bestimmtes darin gesucht.«

»Wir wissen es doch längst«, platzte es aus der Ostfriesin heraus. »Es war das Schweigegeld. Sie hat es die ganze Zeit über bei sich getragen. Und ihr Mörder hat genau das gewusst.«

»Aber wieso?«, dachte Kolbe laut. »Wieso gibt er ihr erst Geld und bringt sie dann um?«

»Vielleicht, weil ihm plötzlich bewusst geworden ist, dass sie am Ende doch einknicken würde. Wenn wir sie nur lange und gründlich genug in die Mangel genommen hätten. Und genau das wollte er verhindern. Er hat seinen Plan geändert. Und er wollte dabei keine Zeit mehr verlieren.«

»Oder es war jemand, der genau gewusst hat, dass sie das Geld bei sich hatte«, überlegte Kolbe. »Vielleicht hat sie im Laufe des Abends mit irgendjemandem gesprochen und sich dabei unabsichtlich verraten.«

Rieke nagte nachdenklich an ihrem Daumennagel. Sie wandte sich an Sina Wollesen. »Der Arzt wird gleich hier sein. Wollen Sie vielleicht doch ein Glas Wasser?«

Sina schüttelte zwischen zwei schluchzenden Lauten den Kopf.

Die Kommissarin setzte sich neben sie und legte der Frau mitfühlend einen Arm über die Schultern.

»Frau Wollesen, ich weiß, der Schock sitzt im Augenblick tief, aber sind Sie in der Lage, uns noch ein paar Fragen zu beantworten?«

Die Frau auf der Sofaecke atmete tief ein und streckte ihren Oberkörper. »Ja«, antwortete sie und nickte dabei, »ich denke, es wird schon gehen.«

»Es geht um den heutigen Abend«, erklärte Rieke. »Die Einladung zum Essen. Wie viel genau haben Sie davon mitbekommen?«

»Christel und ich waren ja seit heute Morgen die meiste Zeit zusammen«, begann Sina. »Nach diesem seltsamen Erlebnis im Ferienhaus hatte ich das Gefühl, ich sollte ihr vielleicht noch ein wenig Gesellschaft leisten. Dabei kam mir schon dieses Haus hier in den Sinn. Es gehört meinem Ex, wissen Sie?«

Rieke wusste es nicht, dennoch nickte sie und forderte die Frau auf, weiterzureden.

»Irgendwann bekam Christel dann diesen Anruf. Es war der Mann, dem das Ferienhaus gehört.«

»Immo Calwey«, half die Kommissarin aus.

Sina nickte. »Er sagte ihr so etwas wie … dass er den Schrecken, den Christel am Morgen erlebt hatte, wieder gutmachen wollte.« Sina blickte auf. Ihre Lippen verzogen sich zu einem melancholischen Lächeln, während ihr Blick von Tränen verschleiert war. »Christel wollte erst gar nicht annehmen, aber dann … ganz plötzlich schien sie Gefallen an dem Gedanken gefunden zu haben. Ein paar Minuten später legte sie auf und war … sie war plötzlich wie ausgewechselt.«

»Hat sie Ihnen gesagt, worum es in dem Gespräch genau gegangen ist? Ich meine, außer dieser Einladung?«

»Nein. Aber es gab zwischendurch eine Situation, in der sie sich von mir weggedreht hat. So als ob …«

»Als ob sie nicht wollte, dass Sie einen Teil des Gespräches mitbekommen?«, half Rieke aus.

»Ja, genau. Jedenfalls kam es mir so vor.«

»Und weiter?«

Sina zuckte mit den Schultern. »Sie hat dann irgendwann aufgelegt und mir ziemlich aufgeregt von der Einladung erzählt. Ich konnte es zuerst gar nicht glauben. Ich dachte, sie macht einen Scherz. Ich fragte sie, ob sie einen neuen Verehrer habe.«

»Und was hat sie geantwortet?«

Sina schluckte schwer. »Sie hat gelacht und ist dabei rot geworden. Das Ganze schien ihr sehr peinlich zu sein. Und ab diesem Augenblick war sie ausgesprochen nervös. Ich nahm natürlich an, dass es mit der Einladung zusammenhing. Natürlich habe ich sie auch gefragt, wer denn der geheimnisvolle Gönner ist.«

»Hat sie einen Namen genannt?«, fragte Kolbe aus dem Hintergrund.

»Calwey«, antwortete Sina prompt. »Immo Calwey. Mir sagte der Name nichts, deswegen fragte ich sie, wer das sei. Und sie antwortete, ihm gehöre das Ferienhaus, in dem wir heute Morgen sauber gemacht haben. Das, in dem sie ihren Anfall bekommen hat. Oder wie immer man das nennen soll.«

»Was haben Sie beide danach getan?«, fragte Rieke. »Ich meine nach dem Telefonat.«

»Christel war dermaßen aufgeregt. Sie meinte, sie habe nichts zum Anziehen. Also sind wir mit der nächsten Fähre aufs Festland gefahren und haben ein paar Sachen eingepackt. Ich erzählte Christel von diesem Haus hier. Ich wusste, dass sich mein Ex im Moment im Ausland aufhält. Zumindest nehme ich das an.«

»Sicher sind Sie nicht?«, hakte die Kommissarin nach.

Die Blondine seufzte. »Im Moment steht bei mir irgendwie alles kopf. Vielleicht könnte ich jetzt doch ein Glas Wasser bekommen?«

Rieke warf Kolbe einen Blick zu. Der Inselkommissar setzte sich in Bewegung und kehrte kurz darauf mit einem Glas Leitungswasser zurück. Er reichte es der Zeugin.

Sina Wollesen nickte dankbar und nahm einen großen Schluck.

»Wir wollten uns einfach nur einen schönen Abend zusammen machen. Und das war es ja auch. Bis hierher.«

»Wie verlief die Begegnung mit Herrn Calwey im Hotelrestaurant?«, fragte Rieke.

Die Angesprochene zuckte mit den Schultern. »Ganz normal, würde ich sagen. Er ist kurz zu uns an den Tisch gekommen und war sehr höflich dabei. Er hat sich vorgestellt, und dabei hat er sich mehrfach bei Christel entschuldigt. Was ja gar nicht nötig gewesen wäre, denn schließlich war es ja nicht seine Schuld, dass Christel einen Zusammenbruch hatte.«

Die Inselkommissare tauschten einen kurzen Blick miteinander.

»War das die einzige Begegnung mit Herrn Calwey an diesem Abend?«, fragte Rieke.

»Ja. Er saß ja später zusammen mit einer Frau und einem Mann an einem der Nachbartische.«

»Soweit ich das beurteilen kann, hat Frau Roth Ihren Tisch im Verlauf des Abends mehrfach verlassen.«

»Wir haben allerhand getrunken«, gestand Sina. »Sie war mindestens zweimal während des Essens auf der Toilette.«

»Haben Sie Ihre Kollegin zufällig mit jemand anderem beobachtet? Hat sie sich vielleicht auf dem Weg zum Waschraum oder zurück mit jemandem unterhalten?«

»Ich glaube nicht«, antwortete Sina Wollesen. »Allerdings konnte ich das von meinem Platz aus gar nicht wirklich erkennen. Wegen der Schiebetür im Restaurant.«

»Ich verstehe«, sagte die Kommissarin nachdenklich. »Ansonsten ist Ihnen heute Abend nichts Ungewöhnliches aufgefallen?«

Kopfschütteln.

»Auch später nicht? Hier im Haus zum Beispiel?«

»Nein. Bis auf die Tatsache, dass ich vergessen hatte, wie der Strom angeschaltet wird. Deswegen bin ich ja raus zum Sicherungskasten. Und jetzt mache ich mir unendliche Vorwürfe deswegen.«

»Sie trifft keine Schuld«, antwortete Rieke. »Wer auch immer für die Tat infrage kommt … er hätte sicher immer einen Augenblick abgewartet, in dem er Frau Roth allein angetroffen hätte.« In Gedanken fügte sie hinzu, dass Sina Wollesen sich vermutlich sogar glücklich schätzen konnte, dass sie dem Mörder nicht in die Quere gekommen war.

Vor dem Haus war ein Geräusch zu hören. Ein Scharren, so als ob jemand sein Fahrrad an die Hauswand lehnte. Kurz darauf klopfte es an der Tür.

Kolbe öffnete und ließ Jochen Leutner, einen der beiden Inselärzte, herein. Der Blick des sechzigjährigen Arztes fiel sofort auf die Leiche am Boden.

»Ach herrje! Was ist denn hier passiert?« Umständlich nahm er seinen nassen Rucksack ab und stellte ihn neben der Eingangstür auf den Boden.

»Die Kollegen sind bereits verständigt«, beeilte sich Rieke zu versichern. »Ich glaube, hier ist noch jemand, der Ihre Hilfe gebrauchen könnte.« Sie deutete auf die Frau neben ihr.

Widerwillig löste Leutner seinen Blick von der Leiche und begann damit, sich um die Zeugin zu kümmern.

Die Inselkommissare wandten sich ab und zogen sich in eine andere Ecke zurück.

»Also gut, Kolbe, was läuft hier?«, fragte Rieke. »Du siehst den Fall doch wohl inzwischen genauso wie ich?«

»Nehmen wir mal an, es gibt noch einen Toten«, antwortete er. »Der Mann, den Christel Roth gesehen hat. Und nehmen wir an, dieser Mann war in Wirklichkeit Immo Calwey. Dann ist der Typ, der im Strandhotel abgestiegen ist, in Wirklichkeit

Arno, der angeblich in Australien verschollen ist, der sich hier auf der Insel jedoch als sein Bruder ausgibt. Und wir wissen inzwischen auch, wozu sie das ganze Theater veranstalten, richtig?«

»Der Verkauf der Firma«, antwortete Rieke. »In den der echte Immo Calwey vielleicht niemals eingewilligt hätte. Wohl aber Marieke, die offenbar zu allem bereit ist, wenn nur genügend Kohle dabei herumkommt. Und Arno, das schwarze Schaf, das endlich auch etwas vom großen Kuchen abbekommen will.«

»Es passt alles zusammen«, sagte Kolbe. »Sie müssen den Plan von langer Hand vorbereitet haben, Arno Calwey und seine Schwester. Arno verschwindet spurlos und wird vermutlich von den dortigen Behörden bald für tot erklärt werden. Währenddessen ermordet er hier auf Langeoog seinen Bruder und schlüpft in dessen Rolle, um den Verkauf der Firma unter Dach und Fach zu bringen.«

»Was praktisch ist«, sagte Rieke, »denn er müsste sich dazu vermutlich nie wieder in der Firma sehen lassen, wo er Gefahr laufen könnte, vielleicht doch von dem einen oder anderen erkannt zu werden. Er verkauft einfach den ganzen Kram und ist aus der Sache raus. Es gab für Arno aus meiner Sicht nur eine kritische Hürde zu überwinden: seine Ausreise! Es muss ihm gelungen sein, die Behörden in Australien zu umgehen. Vielleicht hat er dazu gefälschte Papiere benutzt. Wie man es aber auch dreht und wendet: Arno und Marieke profitieren in der Hauptsache von dieser ganzen Angelegenheit.«

»Was auf jeden Fall bedeutet, dass Marieke in den Plan eingeweiht ist«, bemerkte Kolbe. »Immerhin hätte sie ihren Bruder Arno sofort erkannt.«

»Die beiden haben sich miteinander arrangiert«, hielt Rieke fest. »Aber was ist mit Joost Jessen?«

Kolbe schürzte die Lippen. Er blickte gegen die Fensterscheibe, an der der Regen in Strömen herunterrann. »Entweder er ist ebenfalls eingeweiht und macht gute Miene zum bösen Spiel, oder er ist tatsächlich komplett ahnungslos.«

»Glaubst du wirklich?«

Kolbe sah seine Kollegin an. »Wir beide haben uns mit ihm unterhalten, richtig? Welchen Eindruck hat er dabei auf dich gemacht?«

Rieke dachte nach und antwortete erst nach einer Weile. »Wie ein Aussteiger. Einer, der mit allen anderen nichts mehr zu tun haben will. Vor allem nicht mit der sogenannten gehobenen Gesellschaft. Deswegen hat er auch keinen Job in der Firma, und deswegen war er vermutlich auch bei den Verhandlungsgesprächen nicht mit dabei.«

»Ich glaube, er verachtet Calwey«, ergänzte Kolbe. »Und ich frage mich, ob er den Unterschied zwischen den beiden Brüdern überhaupt bemerken würde.«

»Nicht, wenn es gut gemacht ist«, sagte Rieke nachdenklich. »Und ich schätze, es ist gut gemacht. Ich denke dabei vor allem an das Foto, das Enno aus dem Internet gezogen hat.«

»Ja«, bestätigte Kolbe. »Die Ähnlichkeit ist wirklich verblüffend.«

»Und was tun wir jetzt?«, fragte die Ostfriesin. Sie blickte zur Leiche hinüber. »Wir werden hier drinnen vermutlich keinerlei Spuren finden, die zu Arno Calwey als Täter führen. Wer immer das hier getan hat, war nicht nur schnell und präzise, sondern auf eine gewisse Weise auch ungemein gerissen. Die Tat hätte jeder begehen können, auch ein vollkommen Unbeteiligter, der einfach nur auf den Inhalt der Handtasche aus war.«

»So sieht es leider aus«, räumte Kolbe ein. »Und trotzdem sollten wir den Calweys jetzt einen Besuch abstatten. Je früher, desto besser.«

Kapitel 17

Kommissar Kolbe sah den Regen quer vor seiner Fahrradlampe treiben. Millionen einzelner Tropfen, die kurz aufblitzten und im selben Moment wieder in der Dunkelheit verschwanden.

Als er das unscheinbare Haus an der Ecke des Strandjepads erreichte, war es bereits weit nach Mitternacht. Das Haus lag in völliger Finsternis und absoluter Ruhe. Aber wie lange schon?

Der Polizist stellte sein Rad ab und schaltete die Taschenlampe ein. Er ließ den Lichtstrahl über die Fassade wandern. Er spiegelte sich für einen Moment in den regennassen Fensterscheiben.

Kolbe hielt auf das Haus zu. Da er keine Klingel fand, klopfte er lautstark an. Dabei achtete er genau auf mögliche Geräusche, die aus dem Innern kamen. Zunächst rührte sich nichts. Kolbe klopfte erneut, dieses Mal mit dem Ende der robusten Taschenlampe. Weitere Sekunden vergingen. Dann war eine Art Poltern aus dem Haus zu hören. Schritte näherten sich über den Dielenboden. Die Tür wurde einen Spalt breit geöffnet. Ein blasses Gesicht tauchte zur Hälfte auf. Ein einzelnes Auge starrte Kolbe an. Es gehörte Joost Jessen.

»Kommissar Kolbe? Was wollen Sie hier?«

»Ich muss mit Ihnen sprechen. Mit Ihnen beiden. Frau Calwey ist doch wohl bei Ihnen?«

Kurzes Zögern. »Wissen Sie eigentlich, wie spät es ist?«

»Ist mir bekannt«, antwortete Kolbe. »Und Sie können mir glauben, dass ich jetzt auch gerne lieber irgendwo anders wäre.« Kolbe hatte sogar eine ganz konkrete Vorstellung davon, doch die behielt er aus guten Gründen besser für sich.

Zunächst zeigte Jessen kaum eine Reaktion. Dann öffnete er die Tür ein Stückchen weiter. Er war nur mit einem T-Shirt und Boxershorts bekleidet. Seine nackten Füße berührten den Bereich, den der einfallende Regen streifte.

»Vielleicht könnten Sie sich herablassen, die Tür ganz zu öffnen und mich hereinzulassen«, drängte Kolbe. »Ich habe ein paar Fragen an Sie und Frau Calwey.«

Jessen machte ein verdrießliches Gesicht, trat aber einen Schritt zurück und gab den Weg frei.

Kolbe trat ein und hinterließ dabei auf der Türschwelle und im Eingangsbereich nasse Flecken. Er streifte sich die triefende Regenjacke ab, während Jessen Licht im Haus machte. Die Tür wurde geschlossen und sperrte einen Großteil der Geräusche aus. Von Zeit zu Zeit war nur noch ein dumpfes Donnergrollen zu hören, das sich jedoch immer weiter aufs Meer zurückzog.

»Na, das muss ja etwas immens Wichtiges sein, wenn Sie uns dafür nachts aus dem Bett holen«, begann Jessen, der sich am Hinterkopf kratzte.

Eine Tür im hinteren Bereich des Hauses öffnete sich knarrend. Ein verschlafenes Gesicht tauchte auf. Marieke Calwey tappte in den Wohnraum und kniff dabei die Augen zusammen. Das helle Deckenlicht schien ihr körperliche Schmerzen zu bereiten.

»Was ist denn hier los?«, presste sie hervor. Ihre Stimme hörte sich an, als hätte sie vor dem Zubettgehen ein starkes Schlafmittel genommen, das erst jetzt richtig Wirkung zeigte.

»Das wollte ich auch gerade von unserem Herrn Kommissar erfahren«, sagte Jessen, der auf ein Ecksofa deutete. Zwei Wolldecken lagen darauf, unordentlich verteilt, als hätte sich dort gerade erst jemand herausgepellt.

»Würden Sie sich bitte auch setzen?«, wandte sich Kolbe an Marieke Calwey.

Die Dunkelhaarige gab einen unartikulierten Laut von sich und tappte auf nackten Füßen ein paar Schritte näher. Kolbe erkannte, dass ihre Fußnägel rot lackiert waren.

»Ich weiß nicht, ob ich das kann«, sagte sie. »Mir ist irgendwie … ganz schön übel.«

»Es wird nicht lange dauern, hoffe ich«, sagte Kolbe und deutete noch einmal auf das Sofa.

Sowohl Joost Jessen als auch Marieke Calwey nahmen Platz. Sie landeten nebeneinander, während Kolbe sich mit dem Sessel gegenüber begnügte.

Der Kommissar kam gleich zur Sache. »Ich möchte von Ihnen beiden wissen, wo genau Sie sich in der letzten Stunde aufgehalten haben.«

Jessen lachte hell auf. »Na hören Sie! Soll das ein Witz sein?«

»Ich mache gerne mal einen«, erklärte Kolbe, »auch schon mal um diese Zeit. Aber selten, wenn ich im Dienst bin, und schon gar nicht, wenn ich einen Mord aufzuklären habe.«

»Einen Mord?«, fragte Marieke. »Was … was denn für ein Mord? Würde mir mal einer erklären, was hier eigentlich los ist?«

Kolbe holte tief Luft und konnte gerade noch einen lautstarken Seufzer vermeiden. Er blickte die beiden auf dem Sofa ernst an.

»Christel Roth ist heute Nacht ermordet worden. Sie wurde erstickt. In einem Ferienhaus hier auf der Insel.«

»Christel … wer?« Marieke war bleich wie ein Laken. Ihr Oberkörper schwankte leicht hin und her. Die Bewegung erinnerte Kolbe an Sina Wollesen, die sich jetzt in der Obhut von Doktor Leutner befand, der versprochen hatte, mit seiner Patientin zusammen auf das Eintreffen der Spurensicherung zu warten, während die Inselkommissare getrennt voneinander ihren Aufgaben nachgingen.

»Wollen Sie mir sagen, Sie kennen diesen Namen nicht?«, fragte Kolbe. Er wandte sich an Joost Jessen. »Sie auch nicht?«

»Nein. Nie gehört. Wer soll das sein?«

»Christel Roth war die Frau, die gestern früh im Haus von Immo Calwey eine männliche Leiche entdeckt haben will. Hat Herr Calwey etwa nicht mit Ihnen darüber gesprochen? Entschuldigung, aber das kann ich Ihnen beim besten Willen nicht abnehmen.«

»Ach du meine Güte«, antwortete Jessen gedehnt. »Ja, Immo … Herr Calwey hat diese seltsame Geschichte gestern Abend beiläufig erwähnt. Erinnerst du dich, Marieke?«

»Hm. Kann schon sein.«

»Komm schon. Ich fürchte, es ist wichtig.«

Die Angesprochene machte einen widerwilligen Laut. »Ja. Ja, er hat etwas gesagt von … von einer Frau, die beim Saubermachen irgendwie … ich weiß nicht mehr, was.«

»Calwey hat den Namen der Frau nicht erwähnt«, erklärte Jessen. »Er hat von einer Putzfrau gesprochen, mehr nicht. Und was genau ist jetzt mit ihr passiert?«

»Sie wurde ermordet«, wiederholte Kolbe. »Meine Kollegin und ich haben sie vor etwas mehr als einer halben Stunde untersucht.«

Marieke Calwey starrte stur auf die Tischplatte vor sich. Das Haar hing ihr wirr in die Stirn. Sie atmete leise durch ihre leicht geöffneten Lippen.

»Und was genau haben wir mit dieser Frau zu schaffen?«, fragte Jessen. »Ich meine, Sie müssen doch irgendeinen Grund haben, warum Sie damit ausgerechnet zu uns kommen.«

Der Inselkommissar sah die beiden abwechselnd an. »Finden Sie nicht, dass es an der Zeit ist, dieses Theater zu beenden?«

»Was für ein … Theater?«, fragte Marieke, ohne ihren Blick abzuwenden.

»Das würde ich auch gerne wissen«, ergänzte ihr Verlobter. Jessen rieb sich die Schienbeine. Es war empfindlich kalt im Raum.

»Wir glauben zu wissen, wer Immo Calwey in Wirklichkeit ist«, erklärte Kolbe ernst. »Und wir gehen weiter davon aus, dass es sich bei der männlichen Leiche aus dem Ferienhaus um den echten Immo Calwey handelte.«

Marieke hob den Kopf und sah den Kommissar aus blutunterlaufenen Augen an. »Was ist mit Immo? Was zum Teufel reden Sie da eigentlich für ein wirres Zeug?« Sie drehte sich zu ihrem Verlobten um. »Joost, was will er von uns? Hab ich irgendwas … verpasst oder so?«

»Nein, ganz sicher nicht, Liebes. Ich schätze eher, der Kommissar versucht hier irgendwelche Spielchen mit uns zu spielen. Ich weiß nur nicht recht, ob ich die Regeln verstanden habe.« Er drehte seinen Kopf in Kolbes Richtung. »Jetzt reden wir doch mal Tacheles. Was genau werfen Sie uns vor?«

»Ich habe Ihnen vor allem eine Frage gestellt«, antwortete Kolbe. »Ich will wissen, wo Sie beide in der letzten Stunde gewesen sind. Und ja, bevor Sie fragen: Es handelt sich dabei um eine dienstliche Frage. Sie müssen sie jetzt und hier nicht beantworten, aber gehen Sie davon aus, dass Sie spätestens heute im Laufe des Vormittags eine offizielle Vorladung erhalten werden.«

»Menschenskind, wo sollen wir denn schon gewesen sein?«, ereiferte sich Jessen. Er deutete mit ausgestreckten Armen durch den Raum. »Wir waren hier! Wir sind direkt vom Hotel aus hierher gelaufen. Ewig lange Straßen durch den verdammten Regen. Wir waren pitschnass, als wir hier angekommen sind, und können von Glück sagen, wenn wir uns dabei keine Lungenentzündung eingehandelt haben.«

Kolbe warf einen langen Blick auf zwei Paar nasse Schuhe, die in der Nähe der Tür standen. Es war unschwer zu erkennen, welches Paar zu wem gehörte. Die von Marieke Calwey standen aufrecht auf den Spitzen, die robusteren Wanderschuhe Jessens direkt daneben. Der Boden unter beiden war noch immer dunkel und tropfnass.

»Sie waren also hier«, schloss Kolbe. »Sie haben dieses Haus, nachdem Sie hier angekommen sind, nicht noch einmal verlassen? Keiner von Ihnen?«

»Nein«, gab Jessen zurück. Sein Tonfall klang gereizt.

Kolbe blickte Marieke Calwey demonstrativ an.

Es war, als würde sie aus einem Traum aufschrecken. »Nein, ich war hier. Ich habe … ich glaube, ich habe ein Aspirin genommen oder zwei und habe mich sofort schlafen gelegt. Himmel, ich war froh, dass ich einschlafen konnte. Alles hat sich um mich gedreht. Dieser verdammte Champagner. Ich hab doch gesagt, dass ich keinen vertrage.«

»Wollen wir nicht einfach nochmal vernünftig über diese ganze Geschichte sprechen?«, schlug ihr Verlobter vor. »Was haben Sie da vorhin angedeutet? Diese Sache mit Immo Calwey und der angeblichen Leiche in seinem Haus?«

»Also schön«, lenkte Kolbe ein. »Wenn Sie schon darauf bestehen: Ich sage Ihnen auf den Kopf zu, dass sich Arno

Calwey aus dem fernen Australien nach Langeoog begeben hat. Dort vereinbarte er selbst oder vielleicht sogar jemand anderes ein Treffen mit seinem Bruder Immo. Die beiden trafen nach langen Jahren in dem kleinen Ferienhaus zusammen. Für Immo Calwey kam diese Begegnung sicher überraschend. Für den anderen nicht. Arno war ein Teil dieses Plans. Er tötete seinen Bruder. Womit wissen wir noch nicht, aber das werden wir schon noch herauskriegen. Danach sorgte Arno für die Beseitigung der Leichc, was sicher alles andere als einfach war. Man lässt nicht mal so eben einen Toten von der Insel verschwinden, noch dazu im Morgengrauen, wo die Insel am Erwachen ist.«

»Einen Moment«, warf Jessen ein, »Sie wollen damit sagen, dass Arno zurück nach Deutschland gekehrt ist? Um … um seinen Bruder umzubringen? Einfach so?« Er schnippte mit den Fingern.

»Nicht einfach so«, entgegnete Kolbe ernst. »Wie gesagt: Ich denke nicht, dass es einfach für ihn war. Aber das war der Preis dafür, um in die Rolle seines Bruders schlüpfen zu können und Immos Firmenanteile durch ein gefaktes Verkaufsgespräch mit van Dijk und ein paar gefälschten Unterschriften zu Geld zu machen. Vermutlich zu sehr viel Geld. Das ist der eigentliche Plan dahinter. Das ist der Grund, warum Immo Calwey sterben musste! Und Sie beide wissen es!« Kolbes Blick wanderte langsam zu Marieke hinüber. In ruhigem Ton fügte er an sie gewandt hinzu: »Sie zumindest müssen eingeweiht sein. Sie werden als seine Schwester wohl kaum angeben können, von all dem nichts bemerkt zu haben.«

Marieke blinzelte gegen das Deckenlicht. »Ich weiß gar nicht, was … was Sie von uns wollen. Sie kommen hierher und … und werfen uns all diese Dinge an den Kopf, und …« Sie legte eine Pause ein und unterdrückte ein Aufstoßen. »Oh, mein Gott, mir ist schlecht. Ich glaube, ich muss …«

Mit einem panischen Flackern in ihrem Blick sprang sie auf und hastete durch den Raum. Irgendwo knallte eine Tür hinter ihr zu. Kurz darauf waren würgende Laute aus dem Badezimmer zu hören. Danach die Toilettenspülung.

Joost Jessen saß noch immer dem Kommissar gegenüber. Er hatte seine Ellenbogen auf seine nackten Knie gestützt und massierte sich die Schläfen mit seinen Fingerspitzen.

»Ich kann das alles nicht glauben. Das ist doch total absurd. Und was … was hat diese Putzfrau mit allem zu tun?«

»Sie war die Einzige, die den Toten gesehen hat«, erklärte Kolbe. »Wenn auch nur kurz. Immerhin hat sie ihn gesehen. Und dieser Teil war nicht eingeplant. Ich weiß nicht, was vorgefallen ist. Vielleicht hat sich einer der Calwey-Brüder verspätet. Vielleicht waren die beiden Reinigungsfrauen zu früh dran, oder etwas anderes ist passiert. Ich weiß nur, dass Christel Roth für den Mörder eine Gefahr darstellte. Anfangs hat er versucht, sie mit Geld zum Schweigen zu bringen, aber dann muss er im Laufe der Nacht erkannt haben, dass es sicherer ist, sie ein für alle Mal aus dem Weg zu räumen.«

»Ich glaube das alles nicht«, stieß Jessen leise hervor. »Sie beschuldigen Marieke und … und anscheinend auch mich, Teil eines Mordkomplotts zu sein?«

»Das tue ich«, gab Kolbe unbeirrt zurück. »Und ich werde es beweisen.«

»Ja«, antwortete der andere, »vielleicht sollten Sie mal damit anfangen. Und damit, den Toten zu finden, den es bis jetzt offenbar nur in Ihren Erzählungen gibt. Ohne den ist das Ganze nämlich nur ein Kartenhaus, das Ihnen jeder Anwalt schon im ersten Anlauf zum Einstürzen bringt.« Er legte eine Pause ein. »Ist nicht böse gemeint. Ich denke einfach, es ist unser gutes Recht, Ihnen diese Geschichte nicht abzukaufen.«

Nebenan rauschte erneut die Toilettenspülung. Marieke Calwey näherte sich wenig später mit unsicher wirkenden Schritten. Sie stützte sich an einem Holzbalken ab, der schräg zum Dach hinauf verlief.

»Sind wir jetzt … verhaftet oder … verdächtig … oder was?«

Kolbe erhob sich und blickte Jessen grimmig an. »Erklären Sie es ihr. Und heute Vormittag will ich Sie beide auf der Dienststelle sehen. Da werden Sie dann Ihre Aussagen zu Protokoll geben.«

Der Inselkommissar griff nach seiner Jacke, schlüpfte hinein und verließ das Haus, ohne sich noch einmal umzusehen. Als er die Tür hinter sich ins Schloss warf und hinaus in den Regen trat, empfand er ihn fast als eine willkommene Abwechslung.

Der Tote, dachte er. Jessen hatte absolut recht gehabt mit seinen Ausführungen. Wenn sie doch nur die Leiche finden würden. Wenn sie doch nur einen Anhaltspunkt hätten …

Kapitel 18

Rieke Voss traf Calwey auf seinem Hotelzimmer an. Er hatte noch nicht geschlafen. Im Gegenteil. Er erklärte, er habe noch über einigen Papieren gesessen, die den Verkauf der Firmenanteile betrafen. Dabei deutete er auf den Tisch im Zimmer und einen eingeschalteten Laptop, über dem die LED-Birne einer kleinen Lampe brannte.

»Ich muss dringend mit Ihnen reden«, erklärte Rieke, die die Zwischenzeit genutzt hatte, sich ein paar trockene Sachen anzuziehen, die sie für alle Fälle immer in ihrem Spind in der Dienststelle deponiert hatte.

Calwey sah sich um und zuckte mit den Schultern. »Gut. Wie Sie wollen. Warum gehen wir nicht hinunter in die Lobby? Da dürfte es um diese Zeit ruhiger sein, und die Atmosphäre ist nicht ganz so beengt wie in diesem Zimmer.« Er lächelte hintergründig. »Wenn Sie mögen, spendiere ich Ihnen einen Kaffee. Alkohol werden Sie ja wohl nicht wollen, da ich annehme, dass Sie sich augenblicklich im Dienst befinden.«

»Womit Sie recht haben.« Rieke sah dem Mann direkt in die Augen und versuchte, einen Blick hinter die dicken Brillengläser zu erhaschen, was ihr jedoch kaum gelang. Die Augen ihres Gegenübers waren unergründlich und kalt wie zwei dunkle Murmeln.

Sie verließen das Zimmer, traten hinaus in den dezent beleuchteten Korridor. Ein weicher roter Teppich, der sich von der hinteren Wand bis zu den beiden Aufzügen erstreckte, dämpfte das Geräusch ihrer Schritte.

»Wie geht es van Dijk?«, fragte Rieke auf dem Weg. »Ich hatte angenommen, Sie beide noch an der Bar vorzufinden.«

»Oh, das waren wir auch. Bis vor etwa einer halben Stunde. Van Dijk hat darauf bestanden, auf unseren Abschluss Jenever zu spendieren.« Er lachte leise, als sie auf den Aufzug zutraten. »Wie Sie sehen, habe ich es überlebt.« Er betätigte den Knopf neben der Tür, die sofort darauf nahezu geräuschlos zur Seite glitt.

»Demnach ist er gleich danach auf sein Zimmer gegangen?«, fragte Rieke.

Calwey nickte. Sie betraten die Kabine.

»Ich habe ihn ja noch begleitet. Er hat das Zimmer direkt neben meinem. Ich habe noch etwas gearbeitet. Dabei habe ich registriert, wie nebenan die Dusche lief. Ziemlich lange sogar, wenn ich mich nicht täusche.« Er lachte kurz auf. »Vermutlich hat van Dijk nach unseren hitzigen Verhandlungen eine Abkühlung gebraucht.«

Die Tür schloss sich, und die Kabine setzte sich Richtung Erdgeschoss in Bewegung.

Die Bar war um diese Zeit leer, genauso wie die Lobby.

Calwey steuerte einen kleinen Tisch an, um den herum zwei gemütliche Sessel mit hohen Lehnen drapiert waren.

»Wenn Sie nichts dagegen haben, werde ich mir tatsächlich einen Kaffee holen«, sagte Rieke. Sie erlebte zum ersten Mal, wie sie Calwey mit ihren Worten überraschte.

»Verzeihung«, platzte es aus ihm heraus, »ich hatte nicht angenommen, dass Sie tatsächlich noch etwas trinken wollen. Der Kaffee geht natürlich auf meine Rechnung.«

»Besten Dank«, antwortete die Kommissarin, »aber ich regle das schon selbst. Nehmen Sie schon mal Platz, ich bin gleich wieder bei Ihnen.«

Es kam der Kommissarin nicht auf den Milchkaffee an, den sie bei dem jungen Mann in Hotellivree bestellte. Vielmehr war ihr an einer Auskunft gelegen.

Rieke blieb vor dem langen dunklen Tresen stehen und hörte den Kaffeeautomaten zischen. Ein wohliger Duft durchströmte den Bereich der Hotelbar.

Der Angestellte drehte sich zu ihr um und reichte ihr ein Tablett, auf dem sich eine große, gut gefüllte Tasse befand. Auf der Crème befand sich ein kleines, dezentes Herz aus Kakaopulver, das die Kommissarin zum Lächeln brachte.

»Danke, das sieht gut aus.«

Der junge Mann hinter dem Tresen lächelte sie an. Er wirkte frisch und munter, obwohl er sicher schon seit einiger Zeit seinen Dienst tat. Die Kommissarin fragte ihn danach.

»Seit gestern Abend, zwanzig Uhr«, antwortete der Angestellte.

Rieke nickte und schob ihm unauffällig ihren Dienstausweis zu. »Sehen Sie den Herrn da drüben im Sessel?«

»Ja.«

»Erinnern Sie sich daran, ob er im Laufe des Abends hier bei Ihnen an der Bar gewesen ist?«

Der junge Mann löste seinen Blick vom Ausweis und sah die Polizistin an. »Ja, ich erinnere mich ziemlich genau. Ist ja auch noch nicht lange her. Der Herr war mit einem anderen Gast hier. Ein Holländer.«

»Waldemar van Dijk«, half Rieke aus.

»Ich glaube, das ist sein Name. Er wohnt im zweiten Stock. Die beiden Herren haben einen Jenever an der Bar getrunken und sind dann gegangen.«

»Wissen Sie zufällig noch, wann genau die beiden die Bar verlassen haben?«

»Das ist mindestens schon eine Stunde her«, antwortete er. »Eher länger, wenn ich es recht bedenke.«

»Sind Sie sicher?«, hakte Rieke nach. »Bitte denken Sie genau nach. Die Antwort könnte sehr wichtig für mich sein.«

Der Angestellte nickte. Auf seinem Gesicht lag ein ernster Ausdruck. »Es ist definitiv länger als eine Stunde her. Ich erinnere mich nämlich daran, dass ich kurz vor Mitternacht die Schalen mit den Erdnüssen weggeräumt habe.«

Rieke schenkte dem Mann ein Lächeln. »Ich danke Ihnen. Auch für den Kaffee. Was bin ich Ihnen schuldig?«

»Gar nichts. Geht aufs Haus.«

Die Kommissarin nickte dem Angestellten mit einem Augenzwinkern zu, nahm das Tablett und begab sich damit zu Calwey, der die Zeit damit überbrückt hatte, in einer Zeitung zu blättern. Ohne jedoch etwas dabei zu lesen, wie Rieke auffiel.

»Vielleicht sollten Sie es mal ohne Brille probieren«, sagte sie, während sie sich auf dem freien Sessel niederließ. »Ich bin überzeugt, dass Sie ohne dieses altmodische Ding besser zurechtkommen.«

Calwey lächelte hintergründig, faltete die Zeitung sorgsam zusammen und legte sie beiseite. »Was genau kann ich denn nun für Sie tun, Frau Kommissarin?«

»Es geht um Christel Roth, die Sie gestern Abend hierher zum Essen eingeladen haben.«

»Ach ja, tatsächlich? Was ist mit ihr? Doch hoffentlich nichts Schlimmes?«

»Sie ist tot.«

Schweigen.

Rieke Voss sah Calwey an, in dessen Gesicht sich nichts regte. Er hatte die Ellenbogen auf die Sessellehnen gestützt und seine gespreizten Finger gegeneinander gelegt. Über seine Hände hinweg erwiderte er den Blick der Beamtin.

»Und wie, wenn ich fragen darf, ist das passiert?« Seine Stimme klang ruhig und sachlich. Nicht das leiseste Beben war darin zu hören.

»Sie ist ermordet worden. Jemand hat sie heute Nacht in einem Haus hier auf der Insel erstickt. Vermutlich mit bloßen Händen.«

Calwey rührte sich nicht. Er senkte nur leicht seinen Blick. »Und Sie fragen sich natürlich gerade, ob es diese Hände waren.«

»Der Hotelangestellte da drüben hat mir gerade glaubhaft versichert, dass Sie und van Dijk die Bar bereits seit weit über einer Stunde verlassen haben. Nicht, wie Sie betonten, vor einer halben.«

Ein müdes Lächeln war seine Reaktion. »Da können Sie mal sehen, wie schnell die Zeit verrinnt und wie sehr man sich mitunter täuschen kann.«

»Wo sind Sie in der vergangenen Stunde gewesen, Herr Calwey?«

Er saß weiter regungslos, den Blick auf die Beamtin gegenüber gerichtet. »Sie wollen natürlich gerne von mir hören, dass ich nicht nur die Bar vor einer Stunde, sondern auch dieses Hotel verlassen habe. Sie möchten, dass ich aussage, ich sei in dieses Ferienhaus gegangen, um dort auf diese Frau zu warten.«

»Diese Frau hat einen Namen«, beharrte Rieke. »Warum benutzen Sie ihn nicht?«

Er nickte. »Also schön. Um auf Christel Roth zu warten. Sie wollen von mir hören, ich hätte meine Hände um ihren Hals gelegt und langsam zugedrückt. Und warum hätte ich das tun sollen?«

»Sie kennen die Antwort genau«, antwortete die Kommissarin. »Und Sie verdrehen absichtlich die Tatsachen. Frau Roth ist nicht erwürgt worden. Ich habe absichtlich das Wort erstickt benutzt und kann wohl davon ausgehen, dass Sie den Unterschied kennen.«

Calwey beugte sich ein kleines Stück nach vorne. Der Sessel knarrte leise. »Soll ich Ihnen mal etwas sagen, Frau Voss? Sie sehen Gespenster. Und nicht nur das. Sie haben sich in eine wahnwitzige Idee verrannt, in der Annahme, ich hätte etwas mit dem Tod dieser Frau oder gar der Leiche zu tun, die offensichtlich nur in Ihrem Kopf existiert. Ich gebe Ihnen einen guten Rat: Kehren Sie um. Wohin auch immer Sie gerade glauben, unterwegs zu sein: Der Weg ist nicht der richtige. Er könnte sich sogar als gefährlich erweisen.«

»Ist das eine nette Umschreibung für eine Drohung?«, fragte Rieke herausfordernd.

Calwey gab sich weiter gelassen. »Ich habe schon sehr viele Dinge in meinem Leben gesehen.«

»Wo? In Australien?«

»Sehr viele Dinge. Unter anderem auch Menschen, die den Verstand verloren haben, weil sie ihr Leben lang einer falschen Ideologie gefolgt sind. Bis ihr Weltbild durch das bloße Vorhandensein der wahren Welt – der Realität – wie ein Kartenhaus zusammengestürzt ist. Ich würde Ihnen diesen schmerzhaften Augenblick gerne ersparen wollen.«

»Wie fürsorglich von Ihnen«, gab Rieke zurück. Sie nippte an ihrem Kaffee und stellte die Tasse wieder ab. »Aber ich bin schon groß, wissen Sie? Und ich habe schon früh gelernt, auf mich allein aufzupassen. Darf ich Ihnen auch einen Rat geben?«

»Bitte.« Calwey breitete die Hände in einer gönnerhaften Geste aus.

Die Kommissarin erhob sich aus ihrem Sessel und blieb für einen Moment bewegungslos stehen. »Sie sollten es mit Ihrem Spiel nicht übertreiben. Sie wissen genau, dass Ihr Kartenhaus zusammenfallen wird, sollten mein Kollege und ich die Leiche Ihres Bruders Immo finden. Und eines kann ich Ihnen versprechen: Wir werden alles daransetzen, genau das zu tun. Und dann ist der Moment der Wahrheit gekommen. Auch für Sie, Arno Calwey.«

Rieke drehte sich um und ging. Sie hatte es plötzlich eilig, das Haus zu verlassen. Es war beinahe halb zwei. Der Regen hatte endlich aufgehört. Auf dem Weg zu ihrem Rad drehte sie sich noch einmal zum Strandhotel um. Eines der Zimmer im zweiten Stock war noch erleuchtet. Ein Lichtschimmer fiel durch die halb zugezogenen Vorhänge. Dahinter glaubte Rieke, einen menschlichen Umriss zu erkennen. Sie versuchte, sich die Aufteilung der Zimmer in Erinnerung zu rufen. Dann glaubte sie zu wissen, wer sich hinter dem Fenster verbarg. Ihre Lippen formten lautlos einen Namen: »Van Dijk!«

Kapitel 19

Als der nächste Morgen heranbrach, hielten die Inselkommissare genauso viel in Händen wie am Vortag: Nichts! Sie hatten unabhängig voneinander eine kurze und unruhige Nacht verbracht, Kolbe in seinem Zimmer im Polderweg und Rieke Voss bei Hedda Lüürsen in den Räumen über der Kunstgalerie.

Am Morgen trafen sie dort zusammen, wo alles begonnen hatte.

Das Ferienhaus an der Ecke des Strandjepads schien verlassen. Niemand zeigte sich dort. Allerdings war es noch früh, erst kurz nach acht, als Kolbe und Voss an der Sanddornhecke hinter dem Haus zusammenkamen.

»Jede Wette, dass die beiden noch ihren Rausch ausschlafen«, sagte Kolbe nachdenklich. »Zumindest Marieke Calwey. Die hat offenbar gestern ganz schön gebechert.«

»Oder sie wollte zumindest den Anschein erwecken«, antwortete Rieke. »Genauso wie van Dijk gestern Nacht. Ich glaube nämlich nicht, dass ihn zwei Gläser Schampus und ein Jenever an der Bar schon aus den Latschen kippen lassen.«

»Was glaubst du dann?«, fragte Kolbe.

Sie sah ihren Kollegen ernst an. »Dass man uns hier eine gewaltige Komödie vorspielt. Und soll ich dir was sagen? Es regt mich auf! Es macht mich wütend, dass wir anscheinend nichts dagegen unternehmen können. Wir haben im ersten Fall keine Leiche, und die Untersuchung an Christel Roth hat bisher keine nennenswerten Spuren oder Ergebnisse geliefert. Allem Anschein nach hat der Mörder Gummihandschuhe getragen. Das ist alles, was wir wissen. Und so schlau waren wir letzte Nacht auch schon.«

»Leider wahr«, räumte Kolbe ein. »Und was genau erhoffst du dir jetzt von dieser Aktion? Wir haben doch schon nach Spuren gesucht. Und sogar welche gefunden: die Baumwollfasern an dem Strauch und das silberne Feuerzeug.«

»Ja«, sagte Rieke in sarkastischem Ton, »ein Feuerzeug, an dem es ebenfalls keine verwertbaren Fingerabdrücke mehr gab. Es ist so, als hätte sich alles gegen uns verschworen.«

»Daher nochmal: Was tun wir hier? Was hast du vor?«

Rieke drehte sich energisch zu Kolbe um. »Wir sind uns einig darüber, dass es diese erste Leiche gegeben haben muss, richtig?«

»Richtig.«

»Wir kennen sogar die Richtung, in die sie bewegt worden ist«, führte Rieke weiter aus und deutete dabei zu den Dünen hinüber. »Was wir noch nicht wissen, ist, wie er es angestellt hat.«

»Wie wer was angestellt hat?«, fragte Kolbe.

»Wie der Mörder das Kunststück vollbracht hat, die Leiche von hier wegzubewegen und von der Insel zu schaffen. Denn das ist es doch, was wir vermuten.«

»Sicher.«

»Wir brauchen eine Antwort auf die Frage, Kolbe.«

»Also gut«, entgegnete er mit leichter Ungeduld. »Dann gehen wir die Strecke eben nochmal ab. Vielleicht fällt uns dabei noch was ein.«

Sie setzten den Plan sofort in die Tat um. Sie passierten die Stelle, an der sie die Fasern und das Feuerzeug gefunden hatten. Noch einmal hielten sie Ausschau nach Spuren, die sie beim ersten Mal möglicherweise übersehen hatten. Doch ihre Hoffnung war gering, denn der Regen der letzten Nacht konnte vieles zunichtegemacht haben.

Was sie fanden, war unberührter Sand, in dem teilweise noch die Einschläge der Millionen von Wassertropfen zu sehen waren. Es hatte den Anschein, als wehrten die Dünen sich, ihr Geheimnis preiszugeben.

Die Inselkommissare bewegten sich weiter voran. Sie wandten sich westwärts, verließen die Dünen nach kurzer Zeit und gelangten auf einen schmalen, namenlosen Pfad, der direkt auf den Strand hinunterführte.

Das Wetter war freundlich, es wehte ein frischer Wind, der die Wolken der letzten Nacht vertrieben hatte.

Am Strand herrschte um diese Zeit bereits reges Treiben. Längst nicht so intensiv wie im Hochsommer, dennoch hatte es einige Urlauber und Tagestouristen bereits hier heraus getrieben.

Aus der Ferne war aufgeregtes Gebell zu hören. Der Hundestrand lag nur zwei oder drei Kilometer östlich von ihnen.

»Siehst du das?«, fragte Rieke, die ihre Arme ausbreitete. Der böige Wind hatte ihr Haar erfasst und machte damit, was er wollte.

»Hilf mir auf die Sprünge«, bat Kolbe, der auf den Strand und die Surfer im Wasser hinaussah. Ein Anblick, der ihn immer wieder faszinierte und insgeheim den Wunsch in ihm weckte, sich selbst mal wieder auf ein Brett zu wagen.

»Das ist der Strandabschnitt für die Kitesurfer«, sagte sie. Auch Rieke konnte sich der Faszination für die gewagten Sprünge und die bunten Schirme nicht entziehen. Sie gab ihrem Kollegen einen Wink und setzte sich in Bewegung.

Die Inselkommissare traten auf den Strand hinaus. Der Sand war noch feucht und fest und knirschte leise unter ihrem Schuhwerk. Das Geräusch erinnerte Kolbe an etwas. Es brannte sich ihm in diesem Augenblick regelrecht ins Hirn, auch wenn er diesen Eindruck noch nicht recht deuten konnte. Ihm war, als hätte er irgendetwas übersehen. Ein Detail, möglicherweise winzig klein, aber dennoch eines, das sich als wichtig erweisen konnte. Er ärgerte sich über sich selbst, während er Rieke bis an den Wellensaum folgte.

Einer der Surfer hatte sein Brett und den dazugehörigen Kite an Land gezogen und kam ihnen mit skeptischem Blick entgegen.

»Moin«, grüßte er, während das Wasser der Nordsee noch immer von seinem Neoprenanzug abperlte. Er deutete auf Riekes dunkelblaue Uniform. »Sie sind von der Polizei? Ich hab doch wohl nichts falsch gemacht?« Er ließ sein Board in den Sand gleiten und griff nach einem Handtuch, das er bei seiner Ausrüstung am Strand hinterlegt hatte. Er begann damit, sich die Nässe aus dem Gesicht zu wischen.

»Nein, ganz im Gegenteil«, erwiderte Rieke Voss lachend. Sie strich sich das Haar aus der Stirn, bis der Wind es mehr oder weniger einheitlich nach hinten blies. »Mein Kollege und ich haben Ihre Aktionen da draußen bewundert. Sie machen das schon lange, oder?«

Der Mann ließ das Handtuch sinken. »Seit vier Jahren. Ich komme jedes Jahr für ein oder zwei Wochen nach Langeoog, wenn die Touris weg sind und wir richtigen Wind haben. Nicht nur so eine lahme Anfängerbrise.«

»Verstehe«, antwortete Rieke. »Kommen Sie jeden Tag um diese Zeit her?«

»Jeden Tag«, antwortete er. »Am liebsten gleich morgens um diese Zeit.«

»Sie waren nicht zufällig gestern früh auch hier?«

Der Surfer zog die Nase kraus, als müsse er jeden Augenblick niesen. Erneut wischte er sich mit dem Handtuch durchs Gesicht. »Doch. War guter Wind gestern. Und kein Regen. Das konnte ich mir nicht entgehen lassen. Aber … entschuldigen Sie die Frage … warum wollen Sie das eigentlich alles wissen?«

Kolbe trat einen Schritt nach vorne. »Wir wollten Sie fragen, ob Sie gestern rein zufällig etwas Ungewöhnliches beobachtet haben.«

Ihr Gegenüber blinzelte. »Ungewöhnliches? Was meinen Sie damit?«

Der Kommissar deutete in Richtung der Dünen. Das einsam gelegene Haus war dahinter nicht zu sehen, deswegen hatte er Mühe, den richtigen Punkt zu bestimmen. »Wir suchen nach einer oder mehreren Personen, die gestern Morgen zwischen acht und zehn Uhr unerlaubt in den Dünen campiert haben. Wir vermuten, dass die Personen etwas später ihr Lager verlassen haben und an den Strand gegangen sind.«

»Ach so«, gab der Surfer zurück. Er schniefte leicht, stemmte die Arme in die Hüften und blickte zu den Dünen hinüber, an deren Hängen sich der Strandhafer hin und her wiegte, wann immer er von einer Bö erfasst oder verlassen wurde.

»Ich fürchte, darauf habe ich nicht wirklich geachtet«, fuhr er fort. »Ich war hier nämlich mit zwei Freunden verabredet. Und wir konnten es nicht erwarten, loszulegen, weil wir nämlich befürchteten, der Wind könne nachlassen.«

»Es haben sich also keine Personen in Dünennähe aufgehalten, Herr …?«

»Ebeling«, antwortete der andere. »Folke Ebeling. Nein, ich fürchte, ich habe niemanden gesehen. Aber wie gesagt: Wenn man da draußen unterwegs ist, bekommt man kaum noch was mit. Bis auf das Motorboot.«

»Bitte was?« Rieke, die ebenfalls zur Düne herübergesehen hatte, drehte sich auf der Stelle um.

»Das Motorboot«, wiederholte Ebeling. »Na, irgendein Typ hat sich gestern von einem Boot abholen lassen.«

»Ein Typ?«, hakte Kolbe nach. »Was für ein Typ?«

»Ein Surfer, denke ich. Jedenfalls zog er ein Travelbag hinter sich her.«

»Ein Travelbag?«, fragte Rieke. »Sie meinen so eine … eine Transporttasche für ein Surfbrett?«

»Ja, ein Boardbag oder Travelbag eben. Oder wenn Sie es unbedingt so nennen wollen: eine Tasche!« Das letzte Wort hatte er beinahe abfällig ausgestoßen. Ebeling drehte sich zu seinen Sachen um. Er bückte sich und hob eine längliche schwarze Hülle hoch. »Hier, ich habe auch so eins. Das ist ein Travelbag. Aber das von dem Typen gestern war noch größer. Sah jedenfalls von Weitem so aus.«

Kolbe und Voss starrten auf die längliche, robuste Tasche, die vom Wind erfasst wurde und sofort knatternde Geräusche erzeugte. Ihr Besitzer hatte Mühe, sie festzuhalten.

»Dann gibt es diese Dinger sicher in verschiedenen Größen?«, brüllte Rieke gegen den Lärm an.

»Klar«, antwortete Ebeling. »Das richtet sich natürlich immer nach der Größe des Boards. Mein Bag hat eine Länge von einem Meter fünfundsechzig.«

Die beiden Inselkommissare sahen sich verstohlen an, während Ebeling das Travelbag sinken ließ und im Sand mit dem Surfbrett beschwerte.

»Wie groß kann denn so eine Tasche sein?«, fragte Kolbe und hob gleich beschwichtigend die Hände. »Sorry, so ein Bag meine ich natürlich. Welches ist die maximale Größe?«

Ebeling spuckte Sand aus, der ihm zwischen die Zähne geraten war. »Keine Ahnung. Ich schätze mal so bis eins achtzig oder etwas mehr. Vielleicht knapp an zwei Meter ran.«

»Und da geht dann alles rein, ja?«, wollte Kolbe wissen. »Also nicht nur das Board, sondern auch das gesamte Zubehör?«

»Ja. Klar.«

»Knapp zwei Meter«, wiederholte Kolbe beeindruckt. Er sah sein Gegenüber grinsend an. »Da hätte ja ein ausgewachsener Mann Platz drin.«

Ebeling blinzelte. Dann stimmte er in das Grinsen ein. »Ja, kann schon sein. Wenn man's drauf anlegt, könnte man damit bestimmt jemanden über die Grenze schmuggeln oder so.«

»Nochmal zurück zu dem Boot«, wechselte Rieke das Thema. »Haben Sie gesehen, woher es gekommen ist?«

Kopfschütteln. »Nee, keine Ahnung, tut mir leid. Es war plötzlich da. Ich habe mich noch gefragt, ob das überhaupt erlaubt ist, wegen des Unfallrisikos. Ich meine, als Surfer bekommt man schon einen netten Zacken drauf, wenn ich das mal so sagen darf. Und wenn da plötzlich ein Boot auftaucht … Aber gesehen habe ich es erst, als es auf den Strand zuhielt.«

»Haben Sie die Person am Strand erkennen können?«, fragte Rieke.

»Nein. War zu weit weg. Aber es war definitiv ein Mann. Das erkennt man am Gang, finde ich.«

»Und was ist weiter passiert?«

Ebeling schniefte erneut. »Der Typ hat seine Ausrüstung aufs Boot geladen und ist dann hinterher. Hat sich mächtig nasse Füße dabei geholt. Hatte sich nämlich schon umgezogen, wissen Sie?«

»Und das Boot?«, fragte Rieke. »Wer hat es gesteuert?«

»Habe ich leider auch nicht sehen können. Ich hatte in dem Moment alle Hände voll zu tun, meinen Kite umzulenken. Als ich dann wieder aufs Wasser sah, hat sich das Boot gerade entfernt. Auf die offene Nordsee raus.«

»Also nicht Richtung Langeooger Hafen?«, hakte Kolbe nach.

»Ich hatte nicht den Eindruck.« Ebeling trat leicht verlegen auf der Stelle. »Entschuldigung, war das alles? Ich würde mich nämlich jetzt gerne umziehen. Ich habe nachher noch eine Verabredung.«

»Ihre Kollegen oder Freunde«, warf Kolbe ein. »Haben die dieselben Beobachtungen gemacht wie Sie? Glauben Sie, die könnten uns dazu noch etwas sagen?«

Der Surfer schüttelte den Kopf. »Das kann ich mir nicht vorstellen. Die beiden waren zu der Zeit nämlich weiter ostwärts, Richtung Hundestrand. Ich glaube nicht, dass die etwas davon mitbekommen haben.«

Kolbe nickte. »In Ordnung.«

»Stimmt denn etwas mit diesen Leuten nicht?«, fragte Ebeling.

»Nein, nein, alles in Ordnung. Aber wenn Sie uns einen Gefallen tun wollen, dann melden Sie sich doch bitte im Laufe des Vormittags bei unserer Dienststelle an der Kaapdüne. Ich hätte gerne, dass Sie unserem Kollegen Herrn Dietz eine Beschreibung des Bootes abgeben. Und nach Möglichkeit auch eine zu den beiden Personen.«

Der Vorschlag des Kommissars schien Ebeling nicht zu behagen. Er machte ein säuerliches Gesicht, lenkte dann jedoch ein.

Die beiden Inselkommissare wandten sich ab.

»Das ist es«, stieß Rieke triumphierend aus. »Wir wissen jetzt, wie er es angestellt hat. Er muss sich schon vorab so ein Travelbag besorgt haben. Weil er genau wusste, wie er die Leiche möglichst unbemerkt von der Insel schaffen wollte.«

»Wir haben keine Spuren im Sand gefunden«, bemerkte Kolbe. »Du weißt schon, Schleifspuren. Oder solche, die Rollen hinterlassen würden.«

»Vielleicht hat er die Tasche mit ihrem ganzen Gewicht geschultert«, antwortete Rieke. »Ebelings Travelbag hatte auch zwei stabile Schulterriemen. Der Mörder könnte die Tasche bis zum Wasser getragen und erst später abgesetzt und durch den Sand gezogen haben, für die letzten Meter. Na, und die Spuren dürften längst verwischt oder durch andere ersetzt worden sein.«

»Wer war der Mann mit der Tasche?«, fragte Kolbe.

»Jemand, den wir kennen«, antwortete Rieke prompt. »Höchstwahrscheinlich Arno Calwey. Oder Joost Jessen. Vielleicht ist er eben doch eingeweiht.«

»Oder Calwey hat ihn zu diesem Zweck gekauft«, schlug Kolbe vor.

»Es gibt da aber noch einen Namen, den wir nicht ganz beiseiteschieben sollten«, fuhr die Ostfriesin nachdenklich fort.

»Welchen?«

»Waldemar van Dijk.«

Die Augen des Kommissars weiteten sich um einen Deut. »Der Holländer? Ist das nicht ein bisschen zu weit hergeholt?«

Rieke wiegte ihren Kopf hin und her. »Was wissen wir denn schon von dem Mann, außer dass er anscheinend alles bespringen will, was zwei Beine hat und einen Rock trägt?«

»Ja, schon. Aber …«

»Wer sagt uns denn, dass van Dijk dieses Geschäft nicht unbedingt machen will? Sozusagen um jeden Preis? Und dass ein Teil dieses Preises sein könnte, jemanden aus dem Weg zu räumen, der dabei partout nicht mitmachen will?«

»Du meinst, van Dijk wittert ein Riesengeschäft, das er um nichts in der Welt verpassen will. Und er lässt sich zusammen mit Arno Calwey auf einen solchen Deal ein?«

Rieke sah ihrem Kollegen ernst in die Augen. »Haben wir beide nicht schon genügend Dinge solcher Art erlebt? Wurden nicht auch schon Menschen für weit weniger umgebracht? Van Dijk wäre ein Millionendeal verlorengegangen, wenn Immo Calwey nicht in den Verkauf seiner Anteile eingewilligt hätte. Wer weiß, über welches Wissen der Mann verfügt? Könnte doch sein, dass die ganze Windenergiebranche wieder kurz vor einem Boom steht.«

»Das hat sicher auch Immo Calwey gewusst«, ergänzte Kolbe. »Allein das könnte ein Grund gewesen sein, warum er nicht verkaufen wollte.«

»Er nicht, aber seine Schwester«, sagte Rieke. »Vielleicht musste sie sogar verkaufen, bei ihrem Lebenswandel.«

»So langsam wird eine runde Sache draus«, antwortete Kolbe. Nachdenklich blickte er auf das Wattenmeer hinaus, das sich vor ihnen in der Sonne spiegelte.

»Wenn wir nur wüssten, wohin sie die Leiche gebracht haben.«

Kapitel 20

Es war drei Stunden später, als Enno Dietz mit einem leicht triumphierenden Gesichtsausdruck das Büro der Inselkommissare betrat.

»Ich habe es«, sagte er nur und hielt dabei einen kleinen, eng beschriebenen Notizzettel in die Höhe.

Kolbe und Voss drehten sich zu ihm um. Gleichzeitig tauchte vom Korridor her die Gestalt der Dienststellenleiterin Gesa Brockmann auf. Sie wirkte verschlafen, hielt ein Glas Wasser mit einer Brausetablette darin umklammert und blinzelte den Inselkommissaren zu.

»Was hat er?«

Enno blickte von einem zum anderen. »Ich habe das Boot ermittelt. Es gehört zu einem Verleiher in Bensersiel. Der Mann heißt Clausen, und er sagt, es sei vorgestern jemand da gewesen, um das Boot zu mieten.«

»Wer?«, fragten die Inselkommissare wie aus einem Mund.

»Eine Frau.«

»Was für eine Frau?«, rief Gesa Brockmann von der Tür her. »Himmel, Enno, jetzt lass dir doch nicht jedes Wort einzeln aus der Nase ziehen.«

»Die Beschreibung passt auf Marieke Calwey. Allerdings hat sie dort einen anderen Namen angegeben.« Enno wendete den Zettel und verengte die Augen ein wenig, um seine eigene Schrift zu entziffern. »Sie nannte sich Carola Hertel. Gott weiß, warum. Der Verleiher hat sich anscheinend nicht mal einen Ausweis zeigen lassen. Und sie hat die Summe in bar bezahlt.«

»Sie hat also das Boot gesteuert«, sagte Rieke leise. »Jetzt haben wir sie am Haken. Da wird sie sich nicht mehr rausreden können.«

»Einen Moment«, warf Gesa Brockmann ein. »Es ist nicht ungesetzlich, ein Boot zu mieten und dabei einen anderen Namen anzugeben, wenn sie die Summe voll bezahlt hat. Solange wir nicht wissen, wo sie damit hingefahren ist oder was sie an Bord hatte, können wir allein damit nicht viel bewirken.« Sie wandte sich an Enno. »Hat der Bootsverleiher noch etwas gesagt? Konnte er irgendwelche weiteren Angaben machen, die uns helfen?«

Ennos Mundwinkel sackten herab. »Nein. Das Boot wurde innerhalb der vereinbarten Frist zurückgegeben. Es hat keine Schäden oder sonst was. Der Verleiher konnte auch keine weiteren Angaben zu der Frau machen. Auch nicht, wohin sie nach der Abgabe gegangen oder gefahren ist. Es herrschte an dem Morgen offenbar viel Betrieb.«

»Dass ich nicht lache«, stieß Kolbe aus. »Wie viele Boote kann er an einem bewölkten Morgen schon rausgegeben oder entgegengenommen haben?«

»Ist der Kahn danach nochmal weitervermietet worden?«, wollte die Chefin wissen.

Enno schüttelte den Kopf.

»Gut. Dann lassen wir das Ding sicherstellen. Die Leute von der Spusi sollen sich das ansehen und uns sofort Bescheid geben, wenn sie was haben.«

»Geht in Ordnung«, antwortete Enno knapp und machte auf dem Absatz kehrt. Nebenan hörte man ihn kurz darauf bereits telefonieren.

»Also haben wir nach wie vor nichts«, presste Rieke hervor. Sie hatte ihre Arme vor der Brust verschränkt und starrte auf den Monitor ihres Computers.

»Doch«, antwortete Kolbe, »wir haben jede Menge Indizien. Tausende von Puzzlestücken, die alle mittlerweile ein ziemlich klares Bild ergeben.«

»In Ihrer Wahrnehmung, Kolbe«, stellte die Chefin richtig. »Gut, in meiner vielleicht auch. Aber ich kann Ihnen sagen, was der Staatsanwalt und der Richter davon halten würden, wenn wir ihnen damit kommen. Sie mögen Puzzleteile gesammelt haben, Kolbe, aber Sie können damit allenfalls den Rand und ein paar kleine Details zusammensetzen. Das eigentliche Bild ist nach wie vor verschleiert.«

»Wir würden klarer sehen, hätten wir Immo Calweys Leiche«, ergänzte Rieke.

»Verdammt nochmal«, platzte es aus Kolbe heraus. »Irgendwie müssen wir Calwey doch beikommen können. Dann veranstalten wir eben eine Gegenüberstellung mit den Angestellten aus seiner Firma. Irgendwer wird doch wohl bestätigen können, dass der Mann nicht Immo Calwey ist.«

»Schwierig«, gestand Gesa Brockmann. »Und ziemlich riskant. Und selbst wenn es Hinweise darauf gibt, dass da jemand mit falscher Identität unterwegs ist, was genau hätten wir damit gewonnen? Höchstens ein weiteres Indiz, das uns die gegnerischen Anwälte in der Luft zerreißen. Arno Calwey gilt bei den australischen Behörden als verschollen. Es dürfte uns verdammt schwerfallen zu beweisen, dass der Mann, der sich hier als Immo Calwey ausgibt, in Wirklichkeit dieser verlorengegangene Bruder ist.«

»Und wenn wir es einfach drauf ankommen lassen?«, fragte Kolbe.

Gesa Brockmann nahm einen Schluck von ihrem Brausewasser und verzog das Gesicht. »Könnten wir. Aber wesentlich lieber wären mir eindeutige Beweise oder ein Geständnis mit einem Hinweis auf das Versteck der ersten Leiche. Am besten beides.«

Einen Moment lang herrschte beinahe absolute Stille. Nur Enno war zu hören, wie er nebenan den Hörer auf den Apparat legte und gleich darauf emsig mit Papieren herumhantierte.

»Es gäbe da vielleicht noch einen anderen Weg«, sagte Kolbe nachdenklich. »Aber ich sage gleich, dass er ungewöhnlich und vor allem riskant ist.«

***

Der Festnetzapparat klingelte, als Calwey gerade aus der Dusche kam. Er zurrte den Gürtel seines Bademantels fester und nahm den Hörer ab.

»Ja, bitte?«

Mehrere Sekunden lang meldete sich niemand.

Calwey zog seine Stirn in Falten. »Wer ist denn da?«

»Das spielt keine Rolle«, meldete sich plötzlich eine weibliche Stimme.

»Was soll das? Wer ist da?« Calwey blickte in Richtung des Fensters, als ob er dort des Rätsels Lösung näherkommen würde.

»Hören Sie mir einfach zu!« Die Stimme hatte einen deutlich härteren und fordernden Klang angenommen. »Ich weiß, was Sie letzte Nacht und auch davor getan haben. Es sind zwei Menschen gestorben.«

»Was …«

»Hören Sie mir gefälligst zu, oder ich werde sofort auflegen!«

Calwey rieb sich mit der freien Hand über das frisch rasierte Kinn. »Schon gut, reden Sie. Ich höre.«

»Wenn Sie nicht wollen, dass ich mit dem, was ich weiß, zur Polizei gehe, werden Sie eine Summe von zehntausend Euro bereithalten. Die Übergabe wird heute Nacht hier auf der Insel erfolgen. Ich werde Sie heute Abend wieder anrufen und Ihnen den Ort und die genaue Zeit mitteilen. Haben Sie das verstanden?«

Calwey musste seine Stimme freiräuspern. »Ja«, antwortete er endlich. »Das habe ich verstanden. Aber wie kommen Sie dazu …« Er hielt inne, denn die Anruferin hatte aufgelegt. Langsam ließ er den Hörer sinken. Für einen Moment war er versucht, in der Hotelrezeption anzurufen, um sich danach zu erkundigen, ob das Gespräch zu ihm durchgestellt worden war oder …

Er legte den Hörer zurück auf den Apparat. Das würde ihm nichts bringen, dachte er. Es würde nur mehr Aufsehen als nötig erzeugen, und das war immerhin etwas, das er im Augenblick gar nicht brauchen konnte. Die Anruferin wusste, wer er war. Es war sicher ein Leichtes gewesen, seine Zimmernummer herauszubekommen.

Heute Nacht, dachte er. Ausgerechnet heute Nacht.

***

Sina Wollesen trennte die Verbindung und warf ihr Handy auf den Tisch, als hätte sie sich gerade an dem Gerät die Finger verbrannt. Voller Scheu blickte sie sich um.

»Sie haben das großartig gemacht«, sagte Rieke Voss mit beruhigender Stimme. Sie legte der Frau ihre Hand auf den Unterarm.

»Ich weiß nicht«, sagte Sina. »Ich fühle mich alles andere als wohl dabei.«

»Das ist vollkommen normal«, sagte Kolbe. »Immerhin machen Sie sowas ja nicht täglich.«

Ein flüchtiges Lächeln huschte über Sinas Lippen. Als sie ihre Hand nach der Packung Zigaretten ausstreckte, zitterte sie leicht. »Es ist doch hoffentlich okay, wenn ich eine rauche?«

»Wenn es Ihnen hilft«, sagte der Kommissar.

»Keine Ahnung.« Sie zuckte mit den Schultern, griff nach der Packung und zündete sich eine Zigarette an. Ihr Blick wanderte zwischen den Inselkommissaren hin und her.

»Und wie geht es jetzt weiter?«

»Wir müssen damit rechnen, dass Calwey Ihre Stimme erkannt hat«, erklärte Rieke. »Gewissermaßen bauen wir ja sogar darauf, dass er weiß, wer Sie sind.«

»Und wo Sie sich zurzeit aufhalten«, ergänzte Kolbe. »Es ist daher denkbar, dass Calwey versuchen wird, sich noch vor heute Abend mit Ihnen in Verbindung zu setzen. Es ist sogar möglich, dass er hier auftauchen wird.«

Sina Wollesen hielt die Luft an. Die Zigarette zitterte zwischen ihren Fingern. »Nee, sorry, aber … für sowas bin ich nicht gemacht. Ich …«

»Wir können und wollen Sie zu nichts zwingen«, warf Rieke ein. »Wenn Sie ein ungutes Gefühl dabei haben, was ich absolut verstehen kann, blasen wir die ganze Sache ab, und Sie können Langeoog sofort verlassen.«

Sina nickte. Sie nahm einen Zug aus ihrer Zigarette und blies den Rauch sofort hektisch aus. »Sie wollen, dass ich es für Christel tue, richtig?«

Rieke wartete einen Moment, dann nickte sie.

»Ich verstehe. Und ich brauche nichts weiter zu tun, als hier zu warten und diesen Calwey heute Abend nochmal im Hotel anzurufen.«

»Das ist genau das, was wir uns überlegt haben«, bestätigte Kolbe. »Um den ganzen Rest werden wir uns kümmern. Allerdings gibt es noch einen kleinen Haken dabei.«

Ihre Augen weiteten sich. »Welchen?«

»Wir müssen in Betracht ziehen, dass Calwey nicht allein agiert. Zumindest seine Schwester ist in die ganze Sache involviert. Vielleicht sogar noch weitere Personen. Und die werden insbesondere meine Kollegin und mich beobachten. Zumindest nehmen wir das an.«

»Wir müssen die Möglichkeit einbeziehen, dass Calwey unseren Bluff durchschaut«, erklärte Rieke. »Er wird auch Kolbe und mich beobachten und versuchen, jeden unserer Schritte zu verfolgen. Deswegen reicht es leider nicht, nur diesen Köder auszulegen. Es wird notwendig sein, dass wir uns zeitweise von der Insel zurückziehen.«

»Sie wollen mich hier allein lassen?«, fragte sie. Ihr Atem wurde schneller, blauer Zigarettenrauch drang aus ihren Nasenlöchern und verteilte sich im Raum.

»Keine Sorge, nicht für lange«, beeilte sich Rieke. »Wir haben dafür gesorgt, dass alle in diesen Fall verwickelten Personen heute am frühen Nachmittag auf die Dienststelle kommen werden, um ihre Aussagen zu Protokoll zu nehmen. Diese Aufgabe werden unsere Vorgesetzte Frau Brockmann und unser Kollege Herr Dietz übernehmen. Dabei wird Herr Dietz durchblicken lassen, dass Kolbe und ich uns auf dem Festland befinden, um weitere Erkundigungen einzuziehen. Zum Beispiel beim Bootsverleiher in Bensersiel.«

»Der Clou dabei ist, dass wir das tatsächlich tun werden«, fügte Kolbe hinzu. »Meine Kollegin und ich werden also eine der nächsten Fähren nehmen und auf das Festland fahren. Wir werden das in aller Öffentlichkeit tun. Man wird also live und in Farbe beobachten können, wie wir die Insel verlassen.«

»Sie wollen den Täter in Sicherheit wiegen, richtig?«, fragte Sina Wollesen leise.

Kolbe nickte ihr zu. »Genau so ist es. Vielleicht betreiben wir damit zu viel Aufwand und vielleicht fällt dieser ganze Plan ins Wasser, aber … es besteht eben auch die Möglichkeit, dass der Täter anbeißt.«

»Und warum das alles?«

»Weil wir nicht wissen, wo die Leiche von Immo Calwey ist«, erklärte Kolbe. »Weil wir keine ausreichenden Beweise in Händen halten. Nicht einmal im Falle Ihrer ermordeten Kollegin. Es hätte praktisch jeder hier hereinkommen können, verstehen Sie? Jeder hätte …« Kolbe verstummte, als er das Flackern im Blick der Frau erkannte.

»Aber was … wie soll ich mich verhalten?«, fragte Sina Wollesen.

»Sie bleiben einfach hier«, antwortete Rieke. »Es ist ungemein wichtig, dass Sie dieses Haus nicht verlassen. Und natürlich werden wir Sie nicht alleinlassen. Kolbe und ich werden uns in Bensersiel ein Boot mieten und im Schutz der Dunkelheit nach Langeoog zurückfahren. Unser Plan ist es, am Oststrand, also weit genug entfernt, anzulegen und uns dann zu Fuß hierher durchzuschlagen. Wenn unser Plan aufgeht, wird Calwey ohnehin im Hotel auf Ihren Anruf warten. Und den werden sie erst um zehn Uhr abends tätigen, wie besprochen.«

»Das ist die Zeit, in der meine Kollegin und ich planen, wieder zurück zu sein«, schob Kolbe hinterher.

»Und was ist mit Ihren Kollegen?«, fragte Sina. »Könnten die nicht wenigstens hier vorbeischauen?«

»Das würde leider zu viel Verdacht erregen«, antwortete Kolbe. »Es ist zwingend notwendig, dass die beiden in der Dienststelle bleiben.«

Rieke Voss beugte sich leicht nach vorne und blickte der Frau auf der Couch direkt ins Gesicht. »Wir wissen, dass wir da eine ganze Menge von Ihnen verlangen, Frau Wollesen. Und ja, dieser Plan ist nicht ganz ungefährlich. Aber er erscheint uns im Augenblick als die einzige Möglichkeit, einem rücksichtslosen Mörder beizukommen. Wenn Ihnen das Ganze zu heikel ist, dann haben Sie jetzt noch die Möglichkeit, einen Rückzieher zu machen. Einer von uns würde Sie zur Fähre begleiten und Sie aufs Festland bringen. Es wäre gut, wenn Sie danach für ein paar Tage oder länger wegfahren würden.«

Sina Wollesen nickte. Sie zog ihre Augenbrauen zusammen, dachte nach. Währenddessen drückte sie die halb aufgerauchte Zigarette im Aschenbecher aus. Als das erledigt war, sah sie auf. Etwas in ihrem Blick hatte sich verändert.

»In Ordnung«, sagte sie leise. »Ich werde es tun.«

Kapitel 21

Der Abend kam mit weiteren böigen Winden. Wolken verdunkelten die herbstliche Sonne, bis sie ein Einsehen hatte und sich mehr und mehr zurückzog. Die Schatten, die auf die Ostfriesischen Inseln fielen, wurden länger und länger, bis sie sich schließlich zu einer alles umfassenden Dunkelheit vereinten.

Es war kurz nach einundzwanzig Uhr. Gerret Kolbe und Rieke Voss hatten den späten Nachmittag in Bensersiel damit verbracht, Spurensuche zu betreiben. Sie hatten sich persönlich mit dem Bootsverleiher unterhalten, der ihnen eine relativ genaue Beschreibung von Marieke Calwey gab.

Letztlich jedoch verlief diese Spur im Sand. Es stand zu vermuten, dass die Calweys ihre Reise mit einem Wagen fortgesetzt hatten, um die Leiche ihres Bruders irgendwo zu verstecken. Und dazu konnten sie fünf Kilometer gefahren sein oder fünfhundert.

»Das ist es«, sagte Kolbe und deutete auf eines der Boote, die am Yachthafen von Bensersiel im Wasser dümpelten. Er zog dabei den Schlüssel aus der Tasche, den sie vor mehr als zwei Stunden aus der Hand des Bootsverleihers erhalten hatten.

»Gibt es was Neues von der Insel?«, fragte er, während sie das Boot über den langen Steg anvisierten.

Rieke warf einen Blick auf das Display ihres Handys und schüttelte den Kopf. »Alles ruhig bis jetzt.«

Vor ihrem Weggang hatten sie Sina Wollesen eingeschärft, sich bei der geringsten Auffälligkeit oder Gefahr bei der Polizeidienststelle zu melden, in der Gesa Brockmann und Enno Dietz zusammen ausharrten. Es war vorgesehen, dass einer der beiden daraufhin die Inselkommissare verständigen würde.

Sie bestiegen das Boot und lösten die Leinen.

»Kannst du überhaupt mit so einem Ding umgehen?«, fragte Rieke, die auf den Sitz neben dem Steuer gerutscht war.

Kolbe machte große Augen. »Ich dachte, du kennst dich damit aus?«

»Machst du Witze? Du willst mir jetzt nicht ernsthaft erzählen, dass du noch nie ein Boot gelenkt hast?«

Kolbe hielt ihr den Schlüssel hin und machte ein ernstes Gesicht. Dann begannen seine Mundwinkel zu zucken, bis er schließlich vor Lachen losprustete.

»Spinner!«, stieß Rieke aus, die noch immer eine halbwegs bequeme Sitzposition suchte.

»Das hättest du mal zu mir sagen sollen«, antwortete Kolbe, noch immer grinsend, während er sich hinter das Steuer klemmte und den Schlüssel im Zündschloss versenkte.

Der Motor erwachte kurz darauf zu einem grollenden Eigenleben.

Sie verließen den Hafen und nahmen Kurs auf die Insel, die irgendwo vor ihnen im Dunkel des Wattenmeers lag.

***

Calwey blickte durch die halb geschlossenen Gardinen auf den Platz vor dem Hotel und den dahinterliegenden Kavalierpad hinaus. Der hell erleuchtete Weg schlängelte sich über ein gutes Stück der Insel, verlief eine weite Strecke parallel zum Strand und bog im Westen schließlich ab, bevor er irgendwann in die Hauptstraße mündete.

Langsam drehte er sich um. Sein Blick streifte den Telefonapparat. Ärgerlich runzelte er die Stirn. Wie konnte ein Gerät nur solche Macht entwickeln, dass es einen Menschen dazu verdammte, an Ort und Stelle zu verharren?

Ein unerwartetes Geräusch ließ Calwey schließlich herumfahren. Nicht das Klingeln des Hoteltelefons, sondern ein energisches Klopfen an seiner Zimmertür.

»Wer ist da?«, rief er, während er sich bereits auf dem Weg befand.

»Van Dijk«, kam es von der anderen Seite zurück.

Calwey öffnete die Tür und starrte sein Gegenüber an.

»Stimmt was nicht?«, fragte der Holländer. »Sie sehen aus, als hätten Sie … wie sagt man … ein Gespenst verschluckt.«

»Es ist nichts«, antwortete Calwey beschwichtigend. »Ich warte nur auf einen Anruf. Dummerweise auf dem Festnetzapparat.« Er schickte ein entschuldigendes Lächeln hinterher.

Van Dijk blickte an Calwey vorbei, in Richtung des Schreibtischs. Er deutete mit seinem rechten Zeigefinger auf das Telefon. »Sie können den umleiten. Auf de Handy!«

»Ja, ich weiß«, gab Calwey leicht gereizt zurück. »Aber es lohnt sich nicht. Ich … wollte ohnehin heute nicht mehr weggehen.«

»Oh, das ist aber schade. Ich hatte gedacht, wir könnten noch einen Jenever an der Bar trinken.«

Wieder lächelte Calwey dünn. »Nehmen Sie es mir nicht übel, aber heute lieber nicht.« Er drückte sich auf den Magen. »Ich fühle mich nicht so besonders heute Abend. Muss wohl am Fisch liegen.«

»Sie hätten das Steak nehmen sollen«, antwortete van Dijk mit einem listigen Augenzwinkern. »Sicher, dass Sie nichts mehr trinken wollen? Fisch will immer schwimmen, sagt man.«

»Vielleicht«, räumte Calwey ein. »Man sagt aber auch, dass man es nicht übertreiben soll.«

»Das hat mijn Moeder immer zu mijn Vader gesagt. Aber er hat nie drauf gehört. Sie sind sicher, dass ich Sie nicht umstimmen kann? Nur ein Glas?«

»Danke, nein«, antwortete Calwey. »Ich denke, ich werde mich besser gleich hinlegen. Wir sehen uns dann morgen früh zur Vertragsunterzeichnung?«

Van Dijk klopfte auf eine dünne lederne Aktenmappe, die er unter dem Arm trug. »Meine Anwälte haben alles gecheckt. Nichts, was ihnen Sorgen macht, sagen sie. Das kommt selten vor.«

»Freut mich. Von meiner Seite steht ebenfalls nichts im Wege.«

Van Dijk streckte seinen rechten Zeigefinger aus und setzte ihn Calwey auf die Brust. »Morgen kommen Sie dann aber nicht davon. So ein Abschluss gehört anständig gewürdigt.« Er tat so, als würde er sich ein Schnapsglas an die wulstigen Lippen führen.

»Natürlich«, sagte Calwey leise. »Morgen früh können Sie ganz und gar über mich verfügen.«

Van Dijk grinste breit. »Ich nehm Sie beim Wort. Und jetzt sage ich gute Nacht. Ist eine schöne Nacht. Ich glaube, ich werde noch ein wenig spazieren gehen.«

»Tun Sie das. Wir sehen uns dann morgen.«

»Gute Nacht.« Van Dijk legte zum Gruß zwei Finger an seine Stirn.

»Gute Nacht«, sagte Calwey und beeilte sich, die Tür hinter seinem ungebetenen Besucher zu schließen.

»Scheiß auf deinen verfluchten Jenever«, sagte er leise.

Das Klingeln des Telefons ließ ihm beinahe das Blut in den Adern gefrieren.

***

Das Herz schlug Sina Wollesen beinahe bis zum Hals, als sie die Nummer wählte, die ihr Stunden zuvor die Inselkommissare gegeben hatten. Es knackte leise in der Leitung. Dann läutete es. Einmal. Zweimal. Der Hörer wurde abgehoben. Die Stimme Calweys: »Ja?«

»Ich bin es«, sagte Sina.

»Verdammt nochmal, was soll das? Ich habe seit Stunden auf Ihren Anruf gewartet!«

»Haben Sie das Geld?«

»Sagen Sie mir erst, was …«

»Haben Sie das Geld?«, wiederholte Sina in deutlich energischerem Ton.

»Ja!«, kam es genauso zurück. »Ich habe Ihr verdammtes Geld. Lassen Sie uns diese Sache endlich hinter uns bringen und sagen Sie mir, wo und wann wir uns treffen können.«

»Wir werden uns überhaupt nicht treffen«, antwortete Sina Wollesen. »Sie werden das Geld an einer Stelle hinterlegen, die ich Ihnen gleich nennen werde. Wenn Sie das getan haben, werden Sie sich von dem Ort entfernen.«

»Einen Augenblick mal«, antwortete Calwey gehetzt. »So läuft die Sache nicht. Wer gibt mir denn eine Garantie, dass Sie nicht doch irgendwann das Plaudern anfangen?«

»Und wer gibt mir eine Garantie, dass es nicht genauso läuft wie bei Frau Roth?« Sina hatte Mühe, den Namen ihrer toten Kollegin über die Lippen zu bekommen.

Sekunden verstrichen, in denen absolute Stille in der Leitung herrschte. Sina konnte beinahe sehen, wie Calwey am Schreibtisch in seinem Hotelzimmer stand, den Hörer des Telefons fest umklammert, wie er grübelte, wie er nachdachte und wie sich seine freie Hand dabei immer wieder zur Faust ballte.

»Also schön«, sagte er schließlich. »Nennen Sie mir Ihre Bedingungen.«

»Kennen Sie sich auf der Insel aus?«

»Nein.«

»Sie kennen aber den Kavalierpad.«

»Natürlich.«

Sina sah auf die Uhr an der Wand. Sie hatte sie vor ein paar Minuten noch einmal mit ihrem Handy abgeglichen. Sie zeigte genau zwei Minuten nach zehn.

»Gehen Sie den Pad entlang nach Westen. Vorbei an der Givtbude.«

»Ja«, sagte Calwey ungeduldig. »Erzählen Sie weiter. Ich höre Ihnen zu.«

Sina registrierte, dass er nicht nur das tat, sondern ihre Angaben auch nebenbei auf einem Zettel notierte. Sie hörte einen Stift über Papier kratzen.

»Gehen Sie in die Richtung weiter, bis Sie zu den öffentlichen Toilettenanlagen kommen. Die Anlage ist beleuchtet. Davor befindet sich ein Mülleimer mit zwei Behältern. Sie werden das Geld in dem rechten Behälter deponieren und dann den Weg zurückgehen, den Sie gekommen sind. Haben Sie das verstanden?«

Der Stift huschte noch über das Papier.

»Ob Sie mich verstanden haben, will ich wissen!« Sina gefiel sich plötzlich in ihrer Rolle. Sie spürte, wie sie von Sekunde zu Sekunde an Sicherheit gewann. Für einen winzigen Augenblick streifte sie ein aberwitziger Gedanke. Was wäre, wenn sie das Geld einfach behalten und sich direkt nach der Übergabe damit aus dem Staub machen würde? Sie hatte zwar die Order erhalten, das Haus auf keinen Fall zu verlassen, aber … wenn sie nur schnell genug war, könnte es vielleicht funktionieren. Für ein paar Sekunden träumte sie einen kostbaren Traum, doch dann holte sie die Realität wieder ein.

»Ich werde jetzt gleich losgehen«, sagte Calwey. »Und ich warne Sie: Sollten Sie irgendwelche Tricks mit mir versuchen, werden Sie den Moment verfluchen, in dem Sie mich das erste Mal angerufen haben.«

Hastig wischte Sina über das Handydisplay und trennte die Verbindung. Sie wünschte sich, sie hätte es bereits früher getan, denn Calweys Stimme hatte zuletzt etwas Bedrohliches angenommen. Mit einem Mal zitterte sie wieder am ganzen Leib. Sie spürte das Verlangen, eine Zigarette zu rauchen, streckte die Hand nach der Schachtel aus, nur um sie im letzten Moment wieder wegzuziehen.

Ihr Blick wanderte zum wiederholten Mal durch den Raum. Alle Vorhänge waren zugezogen. Sie hatte nur die kleine Lampe auf dem Tischchen in der Ecke eingeschaltet.

Und so begann sie zu warten.

Doch sie wartete nur so lange, bis sie ein Geräusch vor dem Haus hörte.

***

Sie hatten das Boot auf den Sand gezogen. Kolbe trug die Schlüssel in seiner Hosentasche. Vor ihnen lag der nächtliche Oststrand Langeoogs.

Dahinter irgendwo die Dünen, die in der Dunkelheit schwiegen und den Blick auf den Ortskern der Insel verwehrten.

Sie machten sich auf in Richtung Westen und wählten dabei den direkten Weg, der sie am Strand entlangführte. Rechts neben ihnen rollten die Wellen bis zum Sand hinauf. Die Inselkommissare hörten das Wasser schäumen und flüstern, wenn es in langen Zungen und Ausläufern nach ihren Füßen gierte und sie doch nie ganz erreichte.

Sie wussten, wohin sie zu gehen hatten, sie kannten die Insel inzwischen hinreichend, auch wenn sich ihre nächtlichen Einsätze bisher sehr in Grenzen gehalten hatten.

Kolbe und Voss sprachen kaum miteinander, während sie nebeneinanderher durch den Sand hasteten. Sie gingen schnell, weil sie wussten, dass sie keine Zeit zu verlieren hatten.

Wohin würde sie dieser Plan führen? Kolbe dachte daran, dass sich ihr Vorhaben wie eine Wundertüte gestaltete, bei der alles drin sein konnte, von der Lösung ihres Falls bis hin zum kompletten Versagen. Der Gedanke daran behagte ihm nicht, vor allem, weil eine Zivilistin mit im Spiel war und das Ganze auch noch auf seine Idee zurückging.

Sie gelangten an den offiziellen Strandzugang, was ein gewisses Risiko bedeutete. Der Bereich war teilweise beleuchtet und bot auf einem weitläufigen Abschnitt kaum Deckungsmöglichkeiten, um nicht sofort erkannt zu werden.

Doch ihre Sorge stellte sich als unberechtigt heraus. Niemand hielt sich momentan hier auf. Vielleicht taten die kühlen Temperaturen ihr Übriges, um nächtliche Wanderer fernzuhalten.

Als sie in Höhe des Fahrradparkplatzes auf den Kavalierpad stießen, erkannten die Inselkommissare gleichzeitig eine Gestalt, die sich vor ihnen wegduckte und anschließend hastig den Weg in Richtung der Strandhalle einschlug.

Die Kommissare tauschten einen alarmierten Blick. »Hast du den Mann erkennen können?«, fragte Kolbe alarmiert.

»Nein, ging zu schnell«, antwortete Rieke. »Aber so wie es aussieht, hat er uns erkannt. Und offenbar hat er einen guten Grund, abzuhauen!«

Ein kurzer Augenblick des Zögerns. Dann rannten beide wie auf ein geheimes Kommando hin los.

***

Sie verharrte mitten in der Bewegung. Das Geräusch bewirkte, dass sie wie gelähmt dasaß und sich nicht einmal mehr traute, die Hand nach ihrem Handy auszustrecken.

Es waren Schritte, die sie gehört hatte. Schritte, die sich dem Haus näherten. Zunächst auf nassem Gras, dann erreichten sie die beiden Stufen, die zur Eingangstür hinaufführten.

Sina war sich beinahe sicher, dass sie einen menschlichen Umriss vor der Tür erkennen würde, wenn sie das spärliche Licht im Wohnzimmer ausschaltete. Doch genau das tat sie nicht. Weil sie dazu nicht mehr in der Lage war.

So musste sich das Kaninchen fühlen, wenn es vor der Schlange hockte, dachte sie.

Im nächsten Moment klopfte jemand von draußen gegen die Tür.

»Frau Wollesen?« Eine weibliche Stimme.

Sina blickte auf, starrte zur Tür hinüber. Doch sie antwortete nicht.

Die Frau vor der Tür wiederholte ihren Ruf. Dazu wurde ein weiteres Mal geklopft, dieses Mal energischer.

»Ich weiß, dass Sie daheim sind«, fuhr die Stimme fort. Sie wirkte jetzt ganz nah, so als hätte die Unbekannte ihr Gesicht gegen das Türblatt gepresst.

»Hier ist Marieke Calwey. Und ich muss mit Ihnen reden. Bitte machen Sie auf. Es ist dringend.« Die Stimme hatte eine andere Klangfarbe erhalten. Sie war während des Sprechens flehender geworden, fast kläglich. Vielleicht war es genau das, was Sina aufhorchen ließ. Genau diese Nuancen, das leise, kaum wahrnehmbare Vibrieren der Stimmbänder. Wie von einer Person, die Angst hat.

Nun, wenn das der Fall war, dann waren sie zumindest schon zu zweit, dachte Sina. Wie in Trance erhob sie sich und legte ein paar Schritte zurück, bis sie nur noch etwa anderthalb Meter von der Tür trennten. Der Schlüssel und die Klinke schienen etwas Magisches auf sie auszuüben.

Sina zuckte heftig zusammen, als erneut geklopft wurde.

»Bitte, Frau Wollesen. Hören Sie mich an. Sie brauchen keine Angst vor mir zu haben. Ich tue Ihnen nichts. Ich will nur mit Ihnen reden.«

»Worüber?«, fragte Sina, doch aus ihrer Kehle drang nur ein krächzender Laut, weswegen sie ihre Frage wiederholen musste.

»Über meinen Bruder«, kam es durch die Tür. Inzwischen glaubte Sina tatsächlich, einen menschlichen Umriss durch das dunkle Glas zu erkennen.

»Ich bin gekommen, um Sie zu warnen«, fuhr Marieke fort. Ihre Stimme klang inzwischen flehentlich. »Könnten Sie die Tür nicht wenigstens einen Spalt öffnen, damit …« Eine kurze Unterbrechung. Eine schattenhafte Bewegung vor der Tür, als hätte sich Marieke kurz umgedreht, um sich zu vergewissern, dass sie noch immer allein war. »Damit ich nicht so brüllen muss«, fügte sie nach einer Weile und deutlich leiser hinzu.

Auf irgendeine Weise fühlte sich Sina an eine Szene aus einem alten Märchen erinnert. Sie dachte an den Wolf und die sieben Geißlein. Und war die Szene nicht sehr ähnlich? Immerhin war es gut möglich, dass dort draußen irgendwo ein menschlicher Wolf lauerte. Wer sagte ihr denn, dass er nicht seine Schwester vorgeschickt hatte? Sollte Sina vielleicht verlangen, dass die Frau ihre Pfote durch den Türspalt steckte?

Widerwillig trat sie einen Schritt vor. »Sagen Sie mir, was Sie wollen, und dann verschwinden Sie.«

»Sie wollen mir nicht öffnen?«

»Nein.«

Sekunden der Stille.

»Also gut. Ich möchte Sie warnen. Vor … vor meinem eigenen Bruder. Was Sie getan haben, war ein großer Fehler.«

»Glauben Sie?« Es waren die einzigen Worte, die Sina darauf einfielen.

»Ich weiß es«, antwortete Marieke Calwey. »Er wird hierherkommen. Schon sehr bald. Sie sollten besser nicht darauf hoffen, dass er Sie bezahlt. Das wird er nicht tun. Niemals. Hören Sie mir noch zu?«

»Ich höre Sie«, sagte Sina.

»Seien Sie doch um Himmels willen nicht so naiv und hauen Sie ab, solange Sie noch können. Ich … ich dürfte eigentlich jetzt gar nicht hier sein. Wenn mein Bruder davon erfährt, dann …«

Die Stimme vor der Tür brach abrupt ab. Mit einem Mal war kein einziger Laut mehr zu hören.

»Hallo?«, flüsterte Sina. »Marieke?«

Niemand antwortete. Weil da niemand mehr war, dachte Sina.

Stattdessen war ein dumpfer Laut zu hören. Sie dachte daran, dass Marieke es sich vielleicht noch einmal überlegt hatte und zurückgekommen war. Dass sie die erste der beiden hölzernen Treppenstufen vor der Tür erreicht hatte.

Aber dann wurde Sina klar, dass niemand mehr draußen stand. Das Geräusch, das sie gehört hatte, war von oben gekommen.

Jemand kam von dort die Treppe herunter.

***

Sie holten auf. Kolbe und Voss befanden sich auf gleicher Höhe. Die Absätze ihrer Schuhe hämmerten auf den gepflasterten Weg, der die im Dunkel liegende Dünenlandschaft teilte. Rieke schaltete im Laufen ihre Taschenlampe ein. Gerade rechtzeitig, um die Gestalt zu erkennen, die in diesem Moment versuchte, den Weg zu verlassen und sich durch die Dünen zu schlagen.

Kolbe machte einen gewaltigen Satz nach vorne, katapultierte sich auf den Mann zu und bekam ihn im letzten Moment am Kragen seines Jacketts zu fassen.

Im Schein der Taschenlampe gingen sie beide zu Boden.

Der Mann schrie auf. Seine hohe Stimme schallte durch die einsamen Dünen.

Kolbe vollführte eine Drehung am Boden, packte den anderen bei den Schultern und drehte ihm in der nächsten Sekunde den rechten Arm auf den Rücken. Ein erneuter Schrei durchbrach die Stille.

Rieke leuchtete ihrem Gegner direkt ins Gesicht.

»Van Dijk!«, platzte es aus ihr heraus. »Was hat das zu bedeuten? Was haben Sie hier zu suchen?«

»Loslassen!«, keuchte der Holländer. Seine Lippen küssten dabei einen Pflasterstein.

»Das könnte Ihnen so passen!«, presste Kolbe hervor, der halb auf van Dijk hockte und ihm sein rechtes Knie in den Rücken drückte.

»Ich habe nichts getan, verdammt! Lassen Sie mich auf der Stelle los.« Es folgte ein ungehaltener Wortschwall in reinem Niederländisch, der mit Sicherheit auch die eine oder andere Verwünschung enthielt.

»Beantworten Sie unsere Fragen, und ich lasse Sie los«, erklärte Kolbe etwas ruhiger.

»Ich habe nichts getan.«

»Das hatten wir schon«, sagte Rieke gereizt. »Sie können den Teil gerne überspringen.«

Van Dijk gab einen keuchenden Laut von sich. Dann schien seine Gegenwehr endlich zu erlahmen. Sein Körper erschlaffte. »Ich habe einen Schrecken bekommen. Ich … ich wusste ja nicht, dass Sie es waren. Hätte ich das geahnt, wäre ich natürlich stehen geblieben. Das ist die reine Wahrheit! Ich schwöre es beim Leben meiner Mutter!«

»Haben Sie es nicht ’ne Nummer kleiner?«, fragte Kolbe. Er ließ den Mann am Boden los und erhob sich. Dabei klopfte er sich den Sand von seiner Hose. Er reichte dem ächzenden van Dijk seine rechte Hand, doch der schlug sie aus.

Umständlich kam der Holländer in die Höhe und begutachtete vorwurfsvoll das Loch in seinem rechten Hosenbein. Wie es aussah, hatte er sich das Knie darunter aufgeschürft.

»Das ist skrupellose Polizeigewalt«, ereiferte er sich und starrte insbesondere Kolbe wütend an. »Ich werde mich bei Ihrem Chef beschweren.«

»Chefin«, stellte Kolbe richtig.

Van Dijk schüttelte aufgeregt den Kopf. »Nee, nee! Ich meine den großen Chef. Den … Polizeirat.«

»Jetzt übertreiben Sie es mal nicht, van Dijk«, schaltete sich Rieke ein. Sie trat zwei Schritte näher und blieb direkt vor ihm stehen.

Der Holländer sah ihr lasziv und süffisant in die Augen. »Meine Einladung steht noch«, sagte er grinsend.

Rieke erwiderte seinen Blick. Sie sagte keinen Ton. Mit einem Mal schoss ihre rechte Hand vor und versenkte sich in der Innentasche seines Jacketts. Als sie sie wieder hervorzog, hielt sie ein kleines eingeschweißtes Päckchen zwischen ihren Fingern. Darin befand sich ein weißes Pulver, das allerdings nur auf den ersten Blick aussah wie Puderzucker.

»Sie sind wohl für alle möglichen Geschäfte hierher nach Langeoog gekommen«, sagte Rieke gefährlich leise.

Ein Flackern trat in den Blick des Holländers. »Das gehört nicht mir! Das habe ich gefunden. Hier auf der Insel! Ehrenwort!«

»Na klar«, gab Rieke zurück. »Wahrscheinlich haben Sie es da hinten aus dem Kaugummiautomaten gezogen, hm?«

Van Dijk schluckte schwer. Sein Mund öffnete und schloss sich unentwegt. »Ich sage gar nichts mehr. Ich will meinen Anwalt anrufen.«

Es war der Augenblick, in dem Riekes Handy klingelte.

»Scheiße!«, stieß sie hervor, als sie auf das Display sah. Sie warf ihrem Kollegen einen alarmierten Blick zu. »Das ist Sinas Nummer!« Sie nahm das Gespräch an und rief mehrfach in den Lautsprecher. Wieder ein Blick zu Kolbe.

»Es meldet sich keiner! Verdammt, Kolbe, da ist was passiert!« Im selben Moment wandte sich Rieke Voss ab und stürmte in die Richtung, aus der sie gekommen waren.

Kolbe sah van Dijk giftig an. »Beim Leben Ihrer Mutter, hm? Sie sollten sich wirklich was schämen!«

Kapitel 22

Der Schlag traf sie wie aus heiterem Himmel. Das Handy flog zur Seite weg und schlitterte quer über den Boden.

Sina Wollesen wirbelte herum. Die Tür war so nah!

Die Finger ihrer Rechten drehten den Schlüssel herum und legten sich fast im selben Moment auf die Klinke. Eine Bewegung nur …

Mit einem furchtbaren Ruck wurde sie herumgerissen und in den Raum geschleudert. Sie schlug mit dem rechten Schienbein gegen eine Kommode und schrie auf. Sie ruderte mit den Armen und versuchte verzweifelt, sich irgendwo festzuklammern. Ihre Finger krallten sich um einen eisernen Garderobenständer, der unter ihrem Aufprall gefährlich ins Wanken geriet. Sie drehte den Kopf in die Richtung des Angreifers.

Joost Jessen stand breitbeinig vor ihr, sein Gesicht zu einer Grimasse verzerrt.

»Du hältst dich wohl für ganz besonders schlau, was?«

Sina riss die Augen auf und klammerte sich an dem Ständer fest. »Wie sind Sie hier hereingekommen?«

Jessens Grinsen wurde breiter. Er deutete nach oben. »Das Fenster im Dachgeschoss. War kein Problem, es aufzuhebeln. Alles, was ich dazu brauchte, war ein Werkzeug und etwas Beschäftigung für dich.«

»Verstehe. Dann haben Sie Ihre Freundin nur vorgeschickt, um mich abzulenken.«

Er nickte und kam dabei einen Schritt näher. »Du bist wirklich ein cleveres Mädchen. Aber mit deinem kleinen Erpressungsversuch hast du es wirklich übertrieben. Dachtest wohl, du könntest dich an deine Freundin dranhängen, was?«

Sie schüttelte den Kopf. Sina war in die Ecke gedrängt. Sie registrierte, dass er dabei war, ihr jegliche Möglichkeit zur Flucht abzuschneiden.

»Du hast dabei nur eine klitzekleine Sache vergessen«, fuhr Jessen fort. »Deine Freundin ist tot. Und mal ehrlich: Du hast doch nicht im Ernst geglaubt, dass wir dir Geld geben, hm?«

»Was ist mit Herrn Calwey?«, presste sie hervor.

Er schüttelte langsam den Kopf. »Der wird nicht kommen, Kleines. Er ist nur eine jämmerliche Randfigur, die wir benutzt haben, um an das große Geld zu kommen. Arno Calwey war schon immer ein Taugenichts. Obwohl ich zugeben muss, dass er die Rolle seines Bruders gut gespielt hat. Den Plan allerdings … den habe ich mir ausgedacht. Ich brauchte nicht lange, um Marieke zu überzeugen. Sie und Immo …«, er begann leise und heiser zu lachen, »die beiden waren schon immer wie Feuer und Wasser. Sobald sie aufeinandertrafen, war Ärger vorprogrammiert. Aber jetzt wird endlich alles gut. Die Verträge mit diesem Idioten van Dijk sind abgeschlossen, und das Geld wird fließen.« Er kam so nahe an sie heran, dass Sina seinen Atem in ihrem Gesicht spürte.

»Und du wirst uns dabei nicht im Weg stehen, hast du verstanden?«

»Was haben Sie mit mir vor?«, presste Sina heraus.

Er sah sie an. Auf seinem Gesicht lag ein beinahe mitleidiger Ausdruck.

Sina Wollesen spürte ihr Herz in der Brust hämmern. Immer wieder ging ihr Blick zur Tür. Wo blieben die Inselkommissare? Sie hatte versucht, einen Hilferuf über ihr Handy abzusetzen. Aber hatte der Anruf die Kommissarin überhaupt erreicht?

Da endlich tauchte ein Schatten hinter dem dicken Türglas auf. Die Klinke bewegte sich leicht. Die Tür schwang auf und …

Auf der Schwelle stand Marieke Calwey. Sie beeilte sich, den Raum zu betreten und die Tür hinter sich zu schließen. Sorgfältig drehte sie den Schlüssel um. Mit versteinertem Gesicht trat sie näher.

»Ich dachte, du hättest die Angelegenheit schon erledigt«, sagte sie. In einem Abstand von etwa zwei Metern blieb sie stehen und verschränkte die Arme vor der Brust. »Na los, mach schon. Gib dem kleinen Aas, was es verdient.«

Sinas Augen weiteten sich. »Nein. Das können Sie nicht tun. Ich …«

»Was denn?«, schnappte Marieke. Ihr Blick war kalt und hart. »Du hast doch förmlich um diese Behandlung gebettelt. Jetzt bekommst du sie. Also beschwer dich nicht.« Sie gab ihrem Verlobten ein Zeichen. Und Jessen zögerte nicht. Seine behandschuhten Hände schossen vor und pressten sich auf Sinas Gesicht.

Sie biss aus einem Reflex heraus zu, schmeckte Gummi auf ihren Lippen und kurz darauf etwas Warmes, das über ihre Zunge lief.

Jessen schrie wie von Sinnen auf, zog seine Hand zurück und starrte die Frau in der Ecke irrsinnig an. Blut tropfte aus seinem zerrissenen Handschuh.

Im selben Moment schrie Marieke auf. Hastige Schritte polterten die Treppe hinunter.

»Hier ist die Polizei! Nehmen Sie die Hände hoch!«

Riekes Stimme gellte durch den Raum. Die Inselkommissare hatten sich am Fuß der Treppe aufgebaut, ihre Dienstwaffen auf Joost Jessen und Marieke Calwey gerichtet.

Dann überschlugen sich die Ereignisse.

Marieke wirbelte auf dem Absatz herum und versuchte, die Tür zu erreichen.

Rieke Voss stieß einen leisen Fluch aus und setzte ihr nach. Ein Schuss fiel und riss die Dielen neben der Tür auf. Marieke Calwey nestelte am Haustürschlüssel herum, brachte ihre Bewegung aber nicht zu einem Ende. Rieke Voss grätschte ihr die Beine weg und brachte die Frau zu Fall.

Kolbe hielt auf Jessen zu. Der jedoch packte Sina Wollesen und schleuderte sie auf den Kommissar zu. Eine Aktion, mit der Kolbe nicht gerechnet hatte. Hart prallte Sina gegen ihn und stieß ihn zur Seite. Er hatte Mühe, das Gleichgewicht zu halten. In diese Bewegung hinein traf ihn Jessens Schlag. Kolbe wurde nach hinten gerissen. Er taumelte und knallte gegen die Wand. Dabei wurde ihm die Pistole aus der Hand geprellt. Sie rutschte ein Stück über die Dielenbretter und blieb halb unter der Kommode liegen.

Jessen hatte ihren Weg genau verfolgt und machte einen gewaltigen Satz nach vorne. Seine blutende Hand streckte sich nach der Waffe aus.

Kolbe hatte keine Chance, seinen Gegner zu erreichen. Stattdessen wirbelte er herum, packte den schweren Garderobenständer und rannte damit los.

Jessen war in der Hocke, bekam die Pistole zu fassen und richtete sie auf den heranstürmenden Kommissar.

Kolbe holte im Laufen aus und schlug mit aller Kraft zu.

Jessen wurde von dem Ständer an der rechten Schulter getroffen und von der Wucht des Aufpralls über den Boden gefegt. Er riss einen Fußhocker mit sich und blieb benommen an der Wand gegenüber liegen.

Kolbe ließ den Garderobenständer mit einem polternden Geräusch fallen und stürmte nach vorn. Noch ehe Jessen einen erneuten Versuch starten konnte, die Waffe an sich zu nehmen, war der Kommissar bei ihm.

Kolbe hob die Pistole auf und richtete sie auf Joost Jessen.

»Hände hochnehmen«, sagte er, leicht außer Atem. »Aber ganz langsam.«

»Sie … Mistkerl«, drang es aus Jessens Kehle. Sein Gesicht war schmerzverzerrt. »Sie haben … mir die Schulter gebrochen, Sie verfluchter …«

»Ich wäre an Ihrer Stelle jetzt lieber ganz ruhig«, antwortete Kolbe. Mit einem kurzen Blick über die Schulter vergewisserte er sich, dass auch Rieke die Situation inzwischen unter Kontrolle hatte.

Marieke stand in der Nähe der Tür und hatte die Hände halb erhoben.

Die Kommissarin näherte sich ihrem Kollegen von der Seite, ihre Waffe nach wie vor auf die Frau im Kleid gerichtet.

»Sina«, sagte sie. »Bitte kommen Sie zu uns. Ganz langsam und vorsichtig. Setzen Sie sich drüben hin. Wir sind gleich bei Ihnen. Und haben Sie keine Angst. Es ist überstanden.«

Sina Wollesen nickte. Sie behielt den am Boden liegenden Mann im Auge, während sie zwischen den beiden Inselkommissaren hindurchschlüpfte.

»Sie beide sind festgenommen«, sagte Kolbe mit fester Stimme. »Sie werden beschuldigt, Immo Calwey und Christel Roth vorsätzlich getötet zu haben. Alles, was Sie von jetzt an sagen, kann und wird gegen Sie beide verwendet werden.«

»Sie können mich mal«, stöhnte Jessen. Noch immer kauerte er in einer beinahe bemitleidenswerten Position am Boden. »Sie können uns außerdem nichts nachweisen.«

»Da wäre ich mir an Ihrer Stelle nicht so sicher«, antwortete Rieke Voss. »Allein diese Aktion hier wiegt schon mehr als ein Geständnis. Und die Leiche von Immo Calwey werden wir finden, verlassen Sie sich darauf.«

»Sie werden es nie erfahren«, presste Jessen hervor.

Kolbe trat einen Schritt auf ihn zu. »Ich weiß, dass Sie es waren, der Christel Roth erstickt hat. Und jetzt weiß ich endlich auch, was mich die ganze Zeit über beschäftigt hat. Es waren Ihre Schuhe.«

»Was?«

Kolbe beugte sich vor und riss Jessen in einer einzigen Bewegung den linken Schuh vom Fuß. Er drehte ihn herum und prüfte die Sohle.

»Genau wie ich es mir gedacht habe«, sagte der Kommissar leise. Er wandte sich an den am Boden Liegenden. »Nachdem Sie Frau Roth umgebracht hatten, haben Sie ihre Handtasche ausgekippt, um das Geld an sich zu nehmen, das Arno Calwey ihr zuvor gegeben hatte. Dabei sind allerdings auch einige andere Dinge herausgefallen, wie zum Beispiel ein kleiner Schminkspiegel. Er ist am Boden zerbrochen. Vermutlich haben Sie in der Eile nicht darauf geachtet, aber Sie sind auf einige der Glassplitter getreten. Einer davon hat sich tief in Ihre Schuhsohle gebohrt. Genau hier.«

Kolbe drehte den Schuh gegen das Licht. Etwas blitzte im Schein der Lampe auf.

Jessen sank mit einem schluchzenden Laut am Boden zusammen, während Marieke Calwey langsam die Hände sinken ließ und die Augen schloss. Es war vorbei.

Kapitel 23

In der Dienststelle brodelte und zischte nach Mitternacht noch der neue Kaffeevollautomat.

Rieke Voss nahm die letzte Tasse und stellte sie der Chefin hin.

Gesa Brockmann ließ scheinbar wahllos und ohne hinzusehen eine stattliche Anzahl an Würfelzucker hineinfallen.

Kolbe beobachtete mit einer gewissen Faszination die kleinen Fontänen, die diese Aktion erzeugte.

»Es wird Sie interessieren, dass Marieke Calwey auf dem Weg zum Festland gestanden hat«, sagte die Chefin, während das letzte Stück Zucker seinen Weg in die Tasse fand. »Sie und Jessen haben Immo Calweys Leiche in einem Waldstück bei Esens vergraben. Gleich morgen früh werden die Kollegen eine gezielte Suchaktion starten.«

»Das Ganze scheint Jessens Plan gewesen zu sein«, sagte Rieke, während sie an ihrem Kaffee nippte. »Er hatte es anscheinend satt, immer nur zu denen zu gehören, die zusehen. Er wollte die Dinge selbst in die Hand nehmen. Er wollte bei den Mächtigen und Reichen mitspielen.«

»Auf Kosten zweier Menschenleben«, stellte Enno Dietz fest, dessen Gesicht im Schein der Deckenbeleuchtung blass und übermüdet wirkte.

»Sie haben sich dazu ihres Bruders aus Australien bedient«, fügte Kolbe hinzu. »Arno Calwey hatte nur eine einzige Aufgabe: die Rolle seines Bruders so perfekt wie möglich zu spielen. Leider hatte bei dieser ganzen Sache niemand die beiden Reinigungsfrauen auf dem Plan.«

»Wie geht es Sina Wollesen?«, fragte die Chefin.

»Wir haben sie an Doktor Leutner übergeben«, antwortete Rieke mit einem leisen Lächeln. »Die beiden kennen sich schon.«

Gesa Brockmann atmete tief durch. »Dann haben wir diese leidige Sache nun also auch vom Tisch. Naja. Ich würde vorschlagen, wir machen Schluss für heute. Der Tag war lang genug. Morgen besprechen wir den Rest.«

Der Kaffeeautomat gab ein letztes Zischen von sich. Kurz darauf wurde es dunkel in der Polizeidienststelle von Langeoog.

Kolbe erreichte das Haus im Polderweg um halb zwei in der Nacht. In Bente Franzens Räumen war alles dunkel.

Nur unter dem Dach brannte noch Licht, wenngleich kein Geräusch zu hören war. Vielleicht, dachte der Kommissar, war sein Zimmernachbar Ladengast über seiner alten elektrischen Schreibmaschine eingeschlafen.

Vorsichtig und mit leisen Schritten betrat er das Haus. Ein Blick die Treppe hinauf. Licht fiel aus einem der oberen Zimmer auf den kleinen Flur. Ladengasts Tür stand weit offen.

Im gleichen Augenblick nahm Kolbe einen leicht ungewöhnlichen Geruch wahr. Es war eine leise Ahnung von Rauch, der sich im Erdgeschoss verteilt hatte.

Kolbe öffnete die Tür zum Wohnzimmer. Der Raum war erfüllt von einem wohlig flackernden Feuerschein, der vom Kamin her rührte. Die Bewegungen der Flammen zuckten über die Wände und gaben dem Wohnzimmer einen mystischen Anstrich.

Vor dem Kaminsockel hockte eine Gestalt, die gerade einen Stoß Briefe in den züngelnden Flammen versenkte.

»Professor?«, fragte Kolbe leise, während er näher trat.

Ladengast reagierte zunächst nicht. Erst nachdem ihn der Kommissar ein weiteres Mal angesprochen hatte, drehte der Alte den Kopf in seine Richtung.

»Oh, hallo Kolbe.« Ein mattes Lächeln huschte über das Gesicht des Mannes vor dem Kamin.

Kolbe deutete auf die Papiere, die sich im Kamin schwärzten und krümmten, bevor sie gänzlich den Flammen zum Opfer fielen. »Ist etwas nicht in Ordnung?« Kolbe lächelte, versuchte, einen Scherz zu machen, und schob hinterher: »Verbrennen Sie noch eben belastendes Beweismaterial?«

Ladengast blickte auf die Reste im Feuer, als würde er tatsächlich von etwas oder jemandem Abschied nehmen. Dann erhob er sich mühsam, unter Ächzen. Er wischte sich die

Hände sauber. Das Geräusch klang, als würde jemand feines Sandpapier aneinanderreiben.

Der Alte sah den Kommissar müde lächelnd an.

»Kolbe, glauben Sie mir: Je weniger Sie von all dem wissen, desto besser für uns alle.«

ENDE

Ostfrieslandkrimi-Empfehlungen des Klarant Verlages

Kennen Sie auch schon die ersten Bände der Ostfrieslandkrimi-Serie **»Die Inselkommissare«** von **Marc Freund**?

Ihren Dienst auf Langeoog beginnen die Inselkommissare Gerret Kolbe und Rieke Voss am gleichen Tag – und bekommen sich erstmal gewaltig in die Haare!

Doch sie raufen sich zusammen. Gerret Kolbe, der erfahrene Ermittler aus der Großstadt, der auf die vermeintlich friedliche ostfriesische Insel versetzt wird. In seine alte Heimat, die er aber schon als kleines Kind verlassen hat. Und Rieke Voss, die waschechte Ostfriesin und frischgebackene Kommissarin aus Wittmund.

Gemeinsam lösen Kolbe & Voss spannende Mordfälle auf Langeoog und im unmittelbaren Umfeld der Nordseeinsel.

In der Serie sind bereits folgende Ostfrieslandkrimis erschienen:

»Langeooger Schampus«, Band 1
Taschenbuch-ISBN: 978-3-96586-243-2
eBook-ISBN: 978-3-96586-244-9

Die neuen Langeooger Inselkommissare Gerret Kolbe und Rieke Voss haben ihren ersten grausigen Mordfall zu lösen. Die Spur führt zu ausschweifenden Partys auf der ostfriesischen Insel, bei denen der Schampus in Strömen fließt …

Doch zunächst beginnt der Fall mit einer Vermisstenmeldung: Kurz vor der geplanten Abreise stellt der Langeoog-Urlauber Hajo Scholten schockiert fest, dass seine Frau Marianne und der zehnjährige Sohn Marten plötzlich spurlos verschwunden sind. Die handschriftliche Notiz »Es tut mir leid« ist alles, was ihm bleibt.

Die Kommissare Gerret Kolbe und Rieke Voss sind sich schnell sicher, dass etwas Furchtbares geschehen sein muss. Und tatsächlich lässt ein Leichenfund nicht lange auf sich warten. Die Ermittlungen führen zu einem geheimnisvollen Waldhaus. Offenbar nahm Marianne Scholten hier abends an dekadenten Partys teil, bei denen die attraktive junge Frau sich nur »Mary Ann« nannte. Hat einer der Partygäste im Champagner-Rausch die Kontrolle verloren? Oder steckt in Wirklichkeit etwas ganz anderes dahinter? Auch Hajo Scholten selbst macht sich nämlich durch widersprüchliche Angaben verdächtig. Irgendetwas ist auf der idyllischen Nordseeinsel völlig aus dem Ruder gelaufen …

»Langeooger Gier«, Band 2
Taschenbuch-ISBN: 978-3-96586-271-5
eBook-ISBN: 978-3-96586-272-2

»Langeooger Zwielicht«, Band 3
Taschenbuch-ISBN: 978-3-96586-338-5
eBook-ISBN: 978-3-96586-339-2

»Langeooger Mörder«, Band 4
Taschenbuch-ISBN: 978-3-96586-393-4
eBook-ISBN: 978-3-96586-394-1

»Langeooger Blut«, Band 5
Taschenbuch-ISBN: 978-3-96586-510-5
eBook-ISBN: 978-3-96586-511-2

»Langeooger Rache«, Band 6
Taschenbuch-ISBN: 978-3-96586-587-7
eBook-ISBN: 978-3-96586-588-4

»Langeooger Leiche«, Band 7
Taschenbuch-ISBN: 978-3-96586-672-0
eBook-ISBN: 978-3-96586-673-7

Klarant Verlag

Lernen Sie die Ostfrieslandkrimi-Titel des Klarant Verlages kennen und besuchen Sie uns im Internet unter:

www.ostfrieslandkrimi.de

und

www.klarant.de

Sie können dort Näheres über unsere Autorinnen und Autoren erfahren, viele weitere interessante Bücher und eBooks finden und Leseproben herunterladen. Mit dem kostenlosen Newsletter erhalten Sie aktuelle Informationen rund um das Verlagsprogramm, wie beispielsweise spannende Neuerscheinungen und Gewinnspiele.